見銀山史伝

田中博一

HARVEST ハーベスト出版

長い、長い夜が明けた。

かつて多くの人々の信仰を集めた大本山は、既に広大な廃墟となっていた。

炭と化し崩れかけた柱ばかりが見せる無残な姿は堂塔の数々。見上げるばかりの荘厳な大伽藍は見るかげもないほど、その景色を変えていた。焼け焦げた臭いが鼻腔を刺激する。燻ぶっているのは堂塔の残骸か大地そのものか、風もなくその場に滞っている。その臭いは伽藍を模っていた柱梁が焼けたものか、人々がありがたく拝みし仏像や絵画の成れの果てか、それとも人の脂が焙られたものか。戦乱とそれによる破壊は時代の常であったが、目の前の光景は彼にとって特別な意味があった。

その廃墟の中を、うごめく者どもの姿がある。煙る空を抜けた鈍い陽光を受ける陣笠に簡素な胴丸姿。短めの槍を手に、炭と灰にまみれた残骸をひっくり返し、槍を突き立てる。腰を屈め地を這いずり回るような彼らの姿は、まるで地の底で餌を探す餓鬼のよう。声をあげることもなく黙々と、充足も苦悶もなく鬱々と、ただひたすらに地面を掘り、何かを探している。

「まるで地獄のような光景だ」

威風堂々と聳えていた社寺。そのかつての威容を崇敬の念をもって見上げていた人々は、目の前の光景を目にし、声もなく息を吐いた。

「また戦乱の世に戻るのか」

京の人々はそれを恐れた。天下人となったかの人のおかげで、京の都はかつての繁栄を、いやそれ以上の繁栄を手に入れた。だがその人物こそ、目の前の廃墟の中で討たれたのだと伝え聞く。

人々の「信じられない」「信じたくない」という思いをよそに、明智の手勢は我が物顔で京の町中を歩いていた。京の人々は関りを避けるように彼らを遠巻きに見やる。その真相を知りたいと思いつつも、彼らと関わることは避けていた。

「…………」

その男は取り巻く人々の中に混じり、それらの光景を眺めていた。しばし佇むと、くるりと背を向けて歩き出した。

「夢、幻の如く、か」

口の中でそう呟く。誰の耳にも届かない、自らの声に「いや」と応えるように首を振る。

「いや、かの人の想いに応えるためにも私は歩みを止める訳にはいかぬ。曽祖父の夢のためにも、銀山で命をかけて働く人々のためにも」

足早にその場を離れる。だが炎に燻された着物にはあの惨状が、人々の無念が染みついているようだった。

「我らの夢は、必ずや実現させてみせまする」

男に課されたものの重さはさらに増していた。

はじめに

島根県の名所、観光地と言えば何処を思い浮かべるでしょうか？

やはり、一番は縁結びの神様、大国主命を奉る出雲大社でしょうか。旧暦十月、神無月はこの地に全国の神々が集まり、出雲だけは神在月と呼ばれます。稲佐の浜や万九千(まんくせん)神社など、関連した名所も数多くあります。

これに続くのは現存天守十二城の一つであり、国宝にも指定された松江城でしょうか。周辺には武家屋敷や掘川遊覧といった街歩きも魅力的です。近くには『出雲国風土記』にも登場する玉造温泉もあります。

自然を楽しむなら隠岐の島もおすすめです。ローソク島や国賀海岸、摩天崖(まてんがい)といった世界ジオパークに認定されるほどの景色や、日本海に浮かぶ孤島ならではの美味しい海の幸も楽しめます。

そして世界遺産にも登録された石見銀山でしょうか。戦国時代から江戸時代初期にピークを迎えた銀鉱山は、当時の世界の銀流通の三分の一を採掘していたとも言われ、西欧にもその名前を知られていたといいます。

ただ、この石見銀山、他の名所、観光地と比較してどう思われるでしょうか。世界遺産に登録されたのは「石見銀山とその文化的景観」であり、「十六世紀から十七世紀初頭の石見銀山が世界経済に与えた影響」「銀生産の考古学的証拠が良好な状態で保存されている」「銀山と銀山集落から輸送路、港にいたる鉱山活動の総体を留める」ことが評価された、とのことです。ただ、これらは観光ではちょっと伝わりにくいような気がします。

いわゆる石見銀山のシルバーラッシュは戦国時代後期と江戸時代初期なのですが、残っている大森の街並みは江戸時代の中期から後期のもの、鉱山遺跡としての大久保間歩は当時の採掘の様子を見ることができて素晴らしいですが限定ツアーで人数制限がありますし、龍源寺間歩では他の鉱山遺跡（例えば生野銀山）と比べるとやや物足りません。そもそも石見銀山で採掘された銀が日本の歴史に、特に皆さんにお馴染みの戦国時代にどのような影響を与えたかを、説明しきれていないような気もします。

そういったところで本書は戦国時代の石見銀山をテーマに、その遺物、関わった人々の物語を紹介するものです。この時代の石見銀山は資料が少なく実態がつかみにくいのですが、その当時の雰囲気を感じてもらえればと考えています。

この本をきっかけに、地域の歴史、遺跡にも興味を持っていただければと思います。

石見銀山史伝　目次

銀峯山

三島清右衛門　大森銀山再発見

小舟は夜の帳を裂くように海上を進む。

日の出も間近という時刻であるが僅かばかりに欠けた月明かりは存分に海原を照らす。船を揺らす波の起伏、飛沫をあげて洗われる岩礁、遠く象る山峰の輪郭さえ容易に見分けることができた。

「いやぁ、このような船に同乗させていただけるとは。朝に夕に、神仏に祈りを欠かさぬ甲斐あってのもの。これも観音様のお導き」

小舟の上には四人の男の姿があった。一人は船頭で手に艪(ろ)を握る。

「今の時世、海の上とはいえおちおちと寝てられませんからな」

一人、陽気に喋る男は行商人らしく、背負い紐のついた大きな荷箱を引き寄せる。

波に攫われないように肘で抑えつけている。そして残る二人はある商家の主従であった。元々、この船を手配したのが彼らである。男は商家の主人に向けて喋り続ける。

「旦那の船に乗せてもらえなきゃ、あと三日は足止めを食らうところでしたよ。いやいや。それも博多は神屋の船となりゃあ、それはもう大船に乗った気分で安心していられるところ。いやあ、本当にありがたい」

刻は大永六年（一五二六）、室町に幕府が開いたのち既に百九十年が経過していた。京の都での大乱、応仁の乱が起こったのは応仁元年（一四六七）。大乱によって将軍の権威は失落し、朝廷、そして天皇の威光にも影が差していた。この時代の海は誰のものでもない。あえて言えば、力の強い者のものである。交易に東奔西走するのは商人の船であるが、何も頼るものがない大海原で大事な荷と自らの命とを守ることができるのは己の腕っぷし以外、何もない。それゆえに商人は自ら武装する。この時代の商人とは、すべからく武装商人である。そしてそれは海賊であることとさして違いがなかった。

「この辺りで神屋の船に手を出そうなんて考える不届き者、いるはずがない。関も楽に抜けられる。いいこと尽くめで普段からの善幸にもお釣りがくるってものさね」

小舟の舳先には船旗が掲げられている。生成りの麻布には神屋に属する船であることを示す印が記されている。船旗は一種の通行手形である。海の荒くれ者と交渉を持ち、互いの利益を認め合って契約する。ここ日本海は石見国沖合において、海外との貿易さえこなす博多商人である神屋の旗を掲げる船に手を出す者は皆無であった。

「それにしても旦那、自らこんな小船に乗って東上するなんて、何かいい儲け話でもあったんですか」

旦那、と呼ばれた男は行商人の軽口に辟易した様子で供の小者に目配せをした。

「竹蔵様。今回は旦那様のご厚意で船に乗せて差し上げました。そのこと理解していただき、あまり大きな声をたてられるのは控えていただけませぬか」

「そりゃあもう、こうして船に乗せて頂いただけで感謝感激雨あられ、伏した額を上げられません」

行商人は大仰に、船板に額を擦り付けるほどに頭を下げる。それでも頭を上げると同じように口を開く。

「それでもこの感謝の気持ちと、私が骨の髄から商人であることは別なのですよ。商人とは儲け話に集まる者。つまるところ情報が命ですからね」

口先は軽いが、表情には真摯さが表れていた。そして瞳の奥には、好奇心という輝きが見え隠れしている。

「知りたいのですよ。大陸までも交易の手を伸ばしている神屋家のその主、神屋寿禎様自らが足を運ぼうとしている行き先を」

行商人の熱意に小者が困惑して首を振る。商家の主人、神屋寿禎は幾分目を細めて、相手を凝視する。

「商売のことは、そうおいそれと口にすることはできません。貴方もおっしゃっていたでしょう。商人とは情報が命。教えろと言われて簡単に教えてくれるはずがありません」

それでも、と付け加える。

「情報交換であれば、私も望むところですよ」

神屋寿禎の意のするところを認めて、行商人は居住まいをただした。

「なるほど、そうですな」

行商人は言って、人当たりの良い笑顔をこぼす。笑顔は常に人を相手にする行商人にとっての大切な武器である。

「改めまして紹介いたします。私は諸国流浪の行商人、荷箱一つを背負い商いを行っております、竹蔵と申します。行商人の出自にさしたる意味はありませんが、東の方とだけ言っておきます」

おもむろに荷箱を目の前に出し、その留め具を外す。

「今、扱っている荷はこのようなものですな」

少し歪んで角が引っかかりがちな柳行李の蓋を苦労して開ける。寿禎と小者はその箱の中身を認めて首を捻った。箱の中には、釘、麻布、染料、漆細工、女物の櫛や簪といった雑多なものが詰められていた。だがそれらは大した量でなく、より目につくのは大量の銭だった。

「荷のほとんどは銭ですか」

小者は訳が分からない、といったふうに首を振ったが、寿禎は何かに得心したように、ああ、と呟いた。小者は寿禎に視線を送るが、返ってきたのは口の端を僅かに上げた小さな笑み。それは小者を試すことを面白がっている、いつもの癖だった。

「これは、この銭でこれから仕入れを行う、ということですか？」

「いいえ。私は言ったはずです。これが扱っている荷だと」

竹蔵の応えに小者は小首を傾げる。寿禎と竹蔵と二人、小者の様子を面白がっているのが分かり、何としてもこの軽薄な行商人の正体を暴いてやると躍起になった。断りを入れて荷箱の中に手を入れる。

「さすがにこれだけあると重い」

銭は永楽銭と呼ばれるものだ。銅で造られた薄い円盤。この時代の銭は大陸から輸入されたものであるが、その銭の種類に関わらず一枚一文で取り引きされている。銭の中央には四角い穴が開いている。その穴に紐を通しておよそ百枚が一束になるように、紐の両端には結び目をつくり一本にまとめられていた。それがざっと見たところ百束以上はある。銭のほかに転がっている商品との価値を比べれば、銭の方が明らかに多い。

この行商人が何を商っているのか、いくら考えても見当がつかなかった。

「すいません、旦那様。降参です。教えて貰えませんか」

「ふふっ、そうか。お前もまだまだ修行が足らぬな」

神屋寿禎はそう言って笑い、小者が手にしていた銭の束を受け取った。失礼、と一言断ってから、おもむろに銭の束の端、紐の結び目を解いて数枚の銭を手の上に広げた。

「あっ」

小者は思わず驚き声を上げた。束にしてあった銭のうち、その端の一枚は普通の銭であった。しかしそれ以外は、とても銭とは言えない代物だった。青錆が浮き朽ちかけているもの、一部が欠けたもの、表面が擦れて刻印が薄れたもの。それどころか、銭なのは形だけで、まったく刻印されていないものさえある。いわゆる鐚銭(びたせん)であり、通貨としての価値を持たないものばかりである。

「鐚銭、偽造銭ですか。でもこんなもので支払いをしようものなら、すぐにバレて商売にならないでしょう。あっ、束にしてあったから相手を騙すつもりですか」

束の両端は本物の銭であったのだから、束のまま支払いをすれば相手を騙すことが可能かもしれない。行きずりの行商人で、同じ場所で二度と商売をしないつもりであれば、そういった商売が成り立つのか、と考えた。

「もちろんそういう方法もあるだろうが、それも厳しいな。相手に気づかれずに鐚銭を使おうとすると、束にした紐を解くことができない。となると、百文単位でしか取引が成立しない。村や町を渡り歩きの行商人が百文単位の取引しかしない、などと、お前は聞いたことがあるかね」

船で大量の荷を扱う大商人なら可能かもしれないが、その場合は信用第一でなければ次の取引はない。徒歩で諸国を渡り歩くような行商人に、百文単位の商売など似合わない。

「それに、もし相手を騙すような商売をしているのであれば、これほど軽々に我々に教えてはくれまい」

笑いながらの寿禎の指摘を受けて、小者は恥じ入るように小さくなった。

「そう、無論こんな銭で仕入れはできない。この男は逆だ。商品でこの銭、鐚銭を仕入れているのだよ」

鐚銭を仕入れる、と小者は小さく繰り返す。

「鐚銭は、このあたりでは銭として使うことができない。だが、坂東では普通に使えるという国が幾つかある」

「そ、そうなのですか」

「さすがは旦那だ」

竹蔵の話によると、相模の国あたりではこのような鐚銭でも普通の銭の二割から五割くらいの価値で銭として使うことが可能なのだという。だから西国の町々を渡り歩き、小商いをしながら「そういえば使えなくなった銭があれば処分しますよ」と言ってただ同然で集めているのだ。

「なるほど、商売も色々あるものですね」

一人、納得して頷く小者に銭束とバラバラになった鐚銭を渡して、寿禎は竹蔵へと向き直った。

「良いことを教えていただいた。で、あれば私の方も此度の目的をお教えいたしましょう」

寿禎は懐から巾着袋を取り出し、その中から幾つかの小さな塊を握って竹蔵に手渡した。

大きさは様々であったが、ほぼ同じ奇妙な形をしたもの。形は台形、と言えなくもないが、底辺の両端が緩やかな弧を描き底辺方向に伸びている。そして月光を浴びて淡く輝く。

「これは銀、ですか。それにしては形が整っている」

「そう。明で使われている銀銭、馬蹄銀（ばていぎん）と呼ばれているものです」

ほほう、と初めて見る銀銭の輝きに目を奪われる。

「我々博多商人は、大陸は明と交易を行っております。そして最近、大陸から仕入れるのは生糸とこの銀銭が中心なのですよ。以前はそれこそ永楽銭を取り扱っておりましたがね」

日本における通貨の発行と言えば和同開珎などの皇朝十二銭が有名である。しかしこれらの銭は実際には発行量が少なく、一般庶民が用いる貨幣としては流通しなかった。その後、平安時代後期から大陸は宋より銅銭を大量に輸入し、これが日本国内で通貨として流通することとなった。鎌倉時代、室町時代前期にも続いて、大陸との交易品の一つに銅銭が加えられていた。それは明の国で銅銭の鋳造を止めたからだ。しかし近年、大陸からの銅銭の輸入は途絶えている。銅鉱山の枯渇が原因という。そして永楽銭とは明朝、永楽帝の時代、それが大陸で最後の銅銭が鋳造された時代であったため、そう呼ばれている。

「九州では既に、永楽銭の代わりにこの銀銭を貨幣として使い始めた湊もある。これを輸入できれば儲けが出るとともに、この国の鐚銭の問題も解決できる」

なるほど、と竹蔵は唸る。銭は銅などの鉱物で作られている限り、長期的に見れば消耗品である。使っているうちに欠けたり削れたりされて、いずれ鐚銭へと変わる。鐚銭を人々は使いたがらない。代価として支払う際に断られることがあるからだ。

永楽銭が大陸からもたらされるものである以上、西国では豊富に流通しており、東国での流通は少ない。竹蔵の鐚銭を扱う商売は、銭流通の絶対量が少ない東国では銭の品質や価値には目をつぶり、商いや流通のための手段としての銭を重用している、という銭の価値の相違を利用したものだ。

「しかし問題はこちら側、銀銭を仕入れるために日本から大陸へと運ぶ商品だ。以前は水銀や銅、硫黄といった鉱石や日本刀を輸出していたのだが、近年は国内の需要も旺盛で手に入らぬ。だから量産が可能か、または他の産物の輸出ができないものか、鷺鉱山を仕切る三島清右衛門殿へ伺いを立てることにしたのだよ」

そうですか、と竹蔵は唸る。

「銀銭が大量に輸入されれば、私の商売も変わりそうですな」

「そうかもしれぬ。だが、それが一番難しい。銀銭は元が銀だけに高価だ。銀銭と交換できる商品が、大陸の人々が欲しがる商材が、どこかにないものだろうか」

神屋寿禎は両手を組んで唸る。竹蔵も小者も大陸との交易などという大商いのことは全く見当がつかなかった。

「銀と言えば、このあたりに銀峯山がありましたな」

唐突に会話に入ってきたのは艪を手にした船頭だった。神屋寿禎と竹蔵は驚いて振り向く。寿禎は随行が小者一人であること、急ぎであることから、この度の訪問では自家で有する交易船を用いず、地元の船主を雇った。この船頭とは昨日、初めて顔を合わせたばかりである。

「そう、南朝と北朝が争っていた時世、足利直冬様が石見に下向した際、銀峯山の銀を使って北朝へと反撃して京まで攻め上がったとか」

船頭の話を寿禎も知っていた。だが、その話には続きがある。

「しかし銀は全て掘りつくされたものと聞いたが」

その時、強烈な光に包まれて目の前が眩んだ。目を細めると山々が輝いている。日の出の時刻だ。陽光が降り注いだ一山が特にひと際強く輝きを放っていた。

「ああ、あれが銀峯山ですよ」

船頭が仰ぎ見て言う。

「あの輝きは銀峯山の清水寺、その観音様の御霊光と言われていますな」

神屋寿禎は言葉もなく茫然と、その眩い輝きを眺めていた。その光は、確かに観音様が指し示す吉兆なのだと思えた。

「それでこの見石(みいし)、これが銀峯山の鉱石、銀鉱石だということですか」

鷺鉱山、その番小屋に四人の男が向かい合って座っていた。番小屋とは言え、その規模は大きい。鉱山を経営する者は山師、もしくは金掘師と呼ばれる。彼らは鉱石を掘る坑道のみを経営するわけではなく、山林資源の管理や鉱夫たちの住居、さらに坑道の崩落を防ぐための留木など、材木を加工し構造物を造る技術にも優れている必要がある。

四人では広すぎる部屋の、その中央に件の石があった。神屋寿禎らは鷺鉱山に寄る前に、船頭に詳細を尋ね、銀峯山の清水寺へ参詣してきた。そこで住持に話を聞くと、この石を見せてくれたのだ。見石とは鉱石の見本のことである。

それを手に取ることなく三島清右衛門は神屋寿禎を見据える。三島清右衛門は鉱山の荒くれ者を率いる鉱山主らしく、中背だが肉厚の迫力ある身形をしていた。眼光鋭く、寿禎の話に耳を傾けている。寿禎の左右には従者の小者と行きずりの行商人とが侍っており、三島清右衛門の迫力に小者は怯えがちである。

「もちろん、私も銀峯山の銀鉱山のことは承知しておりまする。その歴史も、ですな」

三島清右衛門は、出雲国は島根半島に位置する鷺鉱山を経営する鉱山主だ。鷺鉱山は平安の世より採掘が始まっており、銅、錫、鉛、硫黄などを産する。その一部は、古くから大陸との交易品として輸出されている。

「もし銀峯山から銀が掘れるのであれば、すでに誰かが経営しているはずではないか」

銀峯山、仙ノ山とも呼ばれる大森銀山は、延慶二年（一三〇九）、大内弘幸（ひろゆき）によって発見され採掘が始まった。その後、南北朝の動乱の際、長州探題として下向した足利直冬が大森銀山の銀を戦費として徴収し、銀は掘りつくされたのだと伝わる。

神屋寿禎も初めはそう思った。しかし今朝の船上からの光景、光り輝く銀峯山を望んだ時、別の可能性に思い至り、この場に見石を持ち込んだのだ。

「そうです。銀峯山は一度掘りつくされました。しかしそれは建武年間の話であり、二百年近く前のことになります。その間、鉱山での採掘技術は向上しているでしょう。であれば我らが持つ知見でもう一度、鉱山を検めれば再び銀が出てくる可能性があります」

ふむ、と三島清右衛門は頷く。

「私は大陸との交易の中で、様々なことを見聞きしております。そこには穴を掘って鉱石を見つける技や、銀鉱石から効率よく銀を取り出す術もありました。今一度、皆が力を合わせれば新たな鉱脈さえ見つけることができるやもしれませぬ」

寿禎の提案にも一理ある、と頷くと、そこでようやく清右衛門は目の前に転がっている見石を手に取った。手触りを確かめるとともに、肌色を詳細に確認する。確かに銀を含んでいる。銀鉱石だ。

「しかし、もう一つ問題があります」

見石を置いて寿禎へと向き直る。

「この国の山河は天皇の領分です。私は朝廷より金掘の免許を受けてここ、鷺鉱山を経営しております。しかし銀峯山は大内氏が朝廷の許可を得て経営を行っていたはずです。ですので、私には手が出せませぬ」

「その問題は、私が解決しましょう。博多を介し、大陸との交易に携わる大内義興殿とは友誼があります。義興殿の許可を頂くことは容易です」

「私は今、尼子家と友誼を結んでおります。尼子と大内は相争う家柄。その点はいかがなさいましょうか」

これは三島清右衛門が尼子家の家臣である、という意味ではない。町や村やこれに連なる田畑を経営するのが国人領主であり、鉱石を産する鉱山を経営するのが鉱山主である。これらは全く別の独立した勢力と考えてよい。船を使い貿易や略奪といった経営を行うのが武装商人（海賊）であるし、門徒の信心を集めて経営するのが寺社勢力である。それらは、互いに利があれば協定を結ぶし、反目すれば争うこともある複雑な関係を持っている。対等な関係と言ってもよい。そしてこの対等とはそれぞれが何らかの武力を持ち、拮抗しているという事でもある。

現在、出雲国は尼子家の勢力が強く、三島家は尼子との同盟を結んでいた。鷺鉱山へ邪に手を出す者がいた場合に尼子家の助力を得る代わりに、一定の運上金を支払うという契約だ。

「その点についても問題ありますまい。そもそも山師は鉱山を探して諸国、山野を渡り土地に縛られないもの。本来、その行動に国人領主は干渉できませぬ。銀峯山は銀峯山で独立した鉱山と考えればよいかと。三島殿が同盟を結ぶのではなく、銀峯山と大内とで約を結べばよいのです」

日本国内の土地は全て天皇家の所有物である。その中で、新田開発などで開墾された土地の管理を任されたのが荘園の始まりであり、その後の武士の台頭、国人領主の統治に繋がっている。したがって荘園化されていない、すなわち開墾されていない国境の山野などは天皇の所有物である、という考えである。したがって、鉱山を経営するためには公家を通じて天皇家より免許を受ける必要がある。ただ戦乱の弱肉強食の世が続き、その威光は弱くなっているのが実情だ。

「尼子家が銀山経営の益になるのであれば契約を交わせばよいし、互いに益がないと思えば大内を頼ればよいでしょう。それに私はできるだけ多くの者が銀峯山に関わる仕組みを組み上げたい」

多くの者がですか、と竹蔵が呟く。

「そうだ。私は銀峯山を、博多や堺のような自治都市として築きたいのだ」

「自治都市ですか、ふむ」

博多は元々、朝廷の外交の窓口として発展した。海外との交流とは政治、文化、宗教などの新しい知識の導入と、交易である。朝廷が取り仕切る大陸との外交は近年途絶えているが、民間交流、すなわち密貿易は活発に続けられている。神屋寿禎ら博多商人は、主に大陸との交易で発展してきた。そしてこの時代、商人とは武装商人である。そこに財貨があれば、それを欲する者が力づくで奪い取ろうとする痴れ者が現れる。したがって博多の町も自らの財を守るために独自の兵を雇い自衛している。近場を治める国人領主と約を結んでいても、いつ何時、裏切られ兵を向けられるかは分からない。

そして堺も博多と同じように、京の都に近い貿易湊、工芸都市として発展し、堀を掘り、塀を建て、多くの傭兵を集めて自治を保っている。

「銀が採掘できれば、多くの人が集まる。誰かが鉱山主となり統治するのではなく、多くの鉱山主、山師、掘子、鍛冶師、商人らが集まり、互いに富を分かち合う。そういった場所を作りあげたいのだ」

「ふぅむ、多くの鉱山主、ですか」

三島清右衛門は両腕を組んで考える。

「つまり鉱山経営は私だけでなく、他の鉱山主も呼び寄せると」

「もちろん三島様には山先（やまさき）として山師の取りまとめ役をお願いしたく存じます。また銀峯山の規模にもよります。産出量が少なければ三島様にすべて預ける、ということもありましょう」

山先は本来、露頭の発見者のことを言うが、現在の銀峯山では鉱山を経営するものが不在なので、清右衛門が鉱山の再発見者として銀峯山に入ることは問題がない。唸る清右衛門の前で、竹蔵が声をあげる。

「それじゃあ俺がその銀山経営に入ることもできるんで」

「もちろんだ。多くの人が銀山経営に参加することが、銀山を守ることになる。人は欲深い生き物だ。利益を独占すれば多くの者に恨まれることになるが、利益を分け合えば皆が争うことはなくなり、逆に支援してもらえることもある」

ほほう、と竹蔵は嬉しそうに両手を打つ。単純な夢想ではあるが、現実には難しい。寿禎はそのことを理解しているが、ここで自ら水を差す必要はない。

「いかがですか、清右衛門殿」

寿禎は改めて三島清右衛門へ発言を促した。清右衛門は腕を組んだまま、寿禎を睨み返した。

「私の所へ話を持ってきたのは何故です」

「今の銀峯山では鉱山経営は営まれておりません。信頼できる鉱山主が必要です。ここ、鷺鉱山を長きにわたり経営してこられた三島家を頼りとするのが最善と考えました。それに、これまでお話ししたことは仮定の物語です。まだ、銀峯山に銀が産出すると決まった訳ではないのです」

あっ、と竹蔵が声を漏らす。竹蔵は既に新たな鉱山でどのような商いをするか、脳裏に描いていたに違いない。

「ですので、先ずは銀峯山が鉱山として十分な規模があるか、それを確認したいのです。それには三島清右衛門殿や鉱夫の方々に実際に銀峯山に入り確認していただくのが先決。全てはそれからの話となるのです」

「それはそうですな」

寿禎と清右衛門は小さく笑う。二人の視線の先には、恥ずかしさのあまり顔を紅潮させて頭を掻く竹蔵の姿がある。

「では、銀峯山へ同行いたしましょう。新たな鉱山などと言われれば、私の膝も先ほどからそわそわして我慢できそうにもありませんから」

互いに大きく笑って、一行はただちに銀峯山へ向かって出立した。

その後、神屋寿禎と三島清右衛門らは吉田与三右衛門、吉田藤左衛門、於紅孫右衛門という三人の鉱夫を連れて銀峯山へと赴いた。唐突な提案であったにも関わらず、三島清右衛門は手際よく人員を揃え、さらに一回り大きな船を準備していた。驚くことに、その船頭は先程まで寿禎らが乗っていた小船の船頭であった。

「なるほど、三島殿もなかなか人が悪い」

一行は清水寺と佐毘売山（さひめやま）神社に拝し、山中に分け入ると古い採掘場を調べて廻った。そしてそこに銀鉱脈が残っていることを確認した。建武年間の採掘では山肌に露出している鉱石、すなわち露頭のみを採掘しており、地下の鉱石を採掘するための坑道は造られていなかった。

神屋寿禎と三島清右衛門は互いに頷き、将来の鉱山経営について夢想する。

銀峯山は二百年の眠りから覚め、再び光輝くこととなった。

神屋寿禎と大森銀山再開発の目的

神屋寿禎の大森銀山再発見の様子については、銀山旧記に次のように描かれています。
「寿亭船子に南山のあかるくあきらかなる光あるは何故やと問いければ、船郎答えて申すけるは、是は石見の銀峯山なりと語り伝う。彼の峯銀を出せしが今は絶えたり。唯観音の霊像のみありて此の山を鎮護し、寺を清水寺と申す」

寿禎の銀山発見のみならず、後に大量の銀を産出する間歩を見つけた時も、神仏のお告げとする傾向はよく見られます。神仏のお告げと言っておけば、金儲けに関わる大発見をしたと言っても、他の人々からの妬み恨みもかわし易いといったところでしょうか。

それはそうと、寿禎の大森銀山の発見は再発見です。大森銀山のことは以前から人々に知られていました。銀山旧記においても、以前から銀峯山と呼ばれ銀の産出があったが今は絶えている、と船頭が言っています。

大森銀山の発見は、延慶二年（一三〇九）大内弘幸が大内家の守護神「北辰の神」のお告げにより発見したとされています。その後、足利直冬が正平八年（一三五三）に「悉く銀を取りつくし」「この山衰えたり」とやはり銀山旧記に描かれています。それらの事はもちろん、出雲の国鷺銅山の山師である三島清右衛門も知っていたはずです。それでも神屋寿禎が来訪するまで、大森銀山の開発には手を伸ばしませんでした。これは何故でしょう。掘れば銀が出ると分かっているのに、です。

鉱山資源の採掘は難しいものです。なぜなら、地面の下にどのくらいの鉱石が埋まっているか、事前に調べることが難しいからです。

例えば石油の埋蔵量、四十年前の推計では「あと三十年で枯渇する」と言われていました。最近（二〇一七）の推計では「約五十年もつ」と言われています。随分評価が異なります。これは新しい油田が発見された、技術の進歩により今まで採掘できなかった場所からも石油が採れるようになった、といった事情もありますが、「世界中の皆が石油が欲しいというので原油価格が上昇し、多少無理な採掘でも採算がとれるようになった」ということも大きいといいます。

これと同じような事が、大森銀山を再発見した神屋寿禎の時代にも見られたのではないでしょうか？

室町時代の日本では、銀は装飾に用いる鉱物の一つといった扱いで重要視されていませんでした。苦労して銀を掘り出しても、それが高価な銀なのだとしても、それを買ってくれる人が少なければ採算がとれません。だから大森銀山は放置されていました。その大森と、銀を欲している大陸の明とを結びつけたのが神屋寿禎です。銀を欲する明国と、生糸などの大陸の品物が欲しい日本。大陸との交易をしたい博多商人の神屋寿禎と、鉱山経営を発展させたい三島清右衛門。それに領内を経済発展させたい大内、尼子、小笠原といった領主や豊かな生活を求める領民たち。それらを上手く繋ぎ合わせることで、空前のシルバーラッシュを起こしたのが神屋寿禎だったのではないでしょうか。

神屋寿禎は商人として「銀を欲する人がいるから掘れば儲かるだろう」という考えではなく、人やものを繋げて皆が豊かになる世界を創るプランナー（立案者）だったのではないでしょうか。

銀山旧記（石見銀山資料館提供）

御取納丁銀
（石見銀山）

石見銀山世界遺産センター

銭之病

神屋寿禎　大森銀山隆盛

七年が経過した。

大内義興への銀山再開発の上申は、あっさりと許可された。山先として三島清右衛門が採掘を束ねるという案にも、難色を示さなかった。ただそれは大内義興が銀山開発にあまり興味を示さなかった、というだけだ。小京都と呼ばれる山口から遠い山奥の鉱山よりも、華やかなる大陸航路の途上にある博多湊の交易こそが、魅力的に見えるのは致し方ない。

もともと大内家は百済の琳聖太子(りんしょうたいし)の後裔を称しており、朝鮮や大陸との交流を図っている。宝徳三年(一四五一)からは独自に遣明船さえ派遣している。さらには大永三年(一五二三)には、日明貿易の利害で対立する細川氏を寧波(ねいは)の乱で打ち破り、多大な利益を上げる日明貿易をほぼ独占していたからだ。

　それでも大内義興から銀山開発の許可さえ得ることができれば、神屋寿禎にとっては充分であった。試掘のための人手と資金とを集め、三島清右衛門が掘った坑道からは大量の銀鉱石が採掘できた。この鉱石を初めは博多まで運び精錬していたが、神屋寿禎は宗丹と慶寿という大陸の技術者を呼び寄せ、灰吹法と呼ばれる精錬技術を銀山に導入した。

　銀鉱石に含まれる銀の量は僅か〇・一パーセント程度である。大森銀山で銀を精錬することで、高純度の銀を運び出すことが可能となり経営効率は格段に向上した。

　その噂はあっという間に人伝に広がり、多くの人々が銀山へ富と仕事を求めて集り始めた。鉱脈を探り当てる山師、銀の精錬に携わる吹屋、種々の道具を整える鍛冶師、精錬された銀を交易品として扱う商人たち、集まった人々に衣食住を提供する人々。それに加え戦乱の世であることから、戦で故郷と土地を失い流民となった人々が職というよりも食を求めて押し寄せてきた。ここ石見の地も大内、尼子、毛利といった領主が鎬を削る、戦乱の時代へと突入していた。

初めは鉱山経営に興味のなかった大内義興も、産出する銀が増加していくと大陸交易の荷としての価値を理解し始めた。そして大永八年（一五二八）に大森銀山に隣する矢滝城が尼子経久に攻略され銀山を奪われると、さすがの大内義興も心安らかにはいられなかった。自分のものを他人に攫われるということほど、心中を苛立たせるものはない。ただちに部下に銀山奪回を命じたが、その翌年、無念のままこの世を去ることとなった。

新たに大内家の当主となった大内義隆は石見の国人領主、小笠原長隆に銀山奪還を命じると、瞬く間に矢滝城、高城を落とし、享禄四年（一五三一）には銀山は再び大内が領有することとなった。

「これはまた、大変な賑わいようだ」

道中の街道、湊の混雑ぶりからある程度予想はしていたが、まさかこれほどとは思ってもいなかった。

「そうですね。噂半分との言葉はありますが、これは噂の倍はありそうです」

旅装の二人が街道脇の小岩に座り休んでいた。岩の高さは膝上ほど。丁度、木陰になっていることから、旅人が休憩するために誰かが準備したものだと分かる。その誰かに、心の中で礼をしながら、竹筒の水を口に含む。

二人の目の前を、多くの人々が行き交っている。半分ほどは背負った行李や俵物を牛馬や人力で運ぶ銀山の流通を担う者たちであるが、それ以外の者も多い。老若男女、家族連れの一団や、幼いところでは母親に抱かれた赤子までいた。その街道は、銀の積出湊である鞆ケ浦と銀山とを結んでいる。

「話に聞いていたとおり、さすがは三島清右衛門殿の働きでございますね」

「……そうだな」

街道脇に座る二人とは、神屋寿禎とその小者、名を吾平という。寿禎は大森銀山開山において、交渉に、人集めに、金策にと東奔西走し、何度も石見国を訪れていた。吾平は小船から銀峯山の輝きを眺めて、それ以来の石見国入りである。

「ただ、人は二人いれば諍いを起こし、三人おれば派閥ができる。これをまとめるのは中々難しい。これほどの人が集まると……な」

はあ、と吾平は寿禎の嘆息の意図するところを理解できずに応える。

「それでも帳簿上、銀の産出はうなぎ上りですよ。確かに銀山経営の全てを神屋で取り仕切っているわけではありません。間でいくら利ザヤを取られようと、最終的に銀は我ら博多商人の手によって大陸に送られねば儲けにはなりませんので、我らには損はありません」

違うのですか、と弱々しく尋ねる吾平に、そうだな、と言って立ち上がる。

「どちらにしろ、今の銀山の状況を確認してからのことだ」

先に歩く神屋寿禎の背を追って、荷を担ぎなおした吾平が慌てて後に続いた。


「これは、一体、いかがしたものか……」

神屋の主従が銀鉱山の麓、大森の町に到着し、目にしたものは「無秩序」であった。

街道に増して往来する人は多い。道を行き交う人々も雑多な上、流れが悪く、人波に揉まれて思うように歩けない。それ以上に驚くのは、道の両脇に聳えるほど高く建物が造られていることだ。いや、積み上げられていると言っていい。その建物にも人が溢れ出入りしている。

「こ、こんな町は、建物もですが見たことも聞いたこともありません」

「そうだな」

さしもの寿禎にも二の句が継げなかった。

見上げるほどの建物はまるで山腹のようで、その全てが連なって一つの山のようにも見える。しかし、よくよく見るとバラバラで小さな建物の集合体であることが分かる。一つの建物の軒は低く、三階、四階建てもざらである。それも最初から四階建てのような大屋敷を造るのではなく、平屋の屋根の上に無理やり二階部分を乗せ、さらにその上に三階、四階を増築している風だ。その証拠に、並んでいる建物の高さが異なる。場所によってはある建物では隣接する二階と三階の上に同じ階層の建物が乗っていたりする。

「人が増えるたびに少しずつ増築しているのでしょうか？　建物の上に別の建物が乗せて潰れないのでしょうか」

「ああ、よく見てみなさい。すべての建物が積まれている訳ではない。ほら、あの辺りは階段状になっているだろう。あれは山の斜面を利用しているのだ」

その一角の建物には太い柱が幾本も立ち並んでいた。斜面の低い側に柱を立て、そこから斜面に向けて水平に梁を渡して床を取る。その上に建物を建てているのだ。分かりにくいのはその床下の柱の間にも壁を作って居住している者がいるためだ。当然、そこは斜面であるはずだが、おそらく斜面を削って生活空間を確保しているのだろう。

この近辺に平坦な土地は少ない。そこの多くの人が集まったがための状況だ。

「それにしても凄い数ですね。これがすべて銀山に関わる人なのですよね」

街道沿いの建物は、一階部分はほとんどが店舗になっている。米、粟といった穀物から多彩な野菜、山菜の類。干した魚に山鳥といった獣肉などもある。さらに酒は当然のこと、麻や綿の布地から衣服まで、陶器や木工品の器などの生活用品。そして様々な種類の娯楽。店先からは呼び込みの声が交差する。人が増えれば需要が生まれ、様々な商いもそこに集まる。

「そうだな。だが、ここはまだ入り口。さあ、先を急ごう」

二人で雑踏を通り抜ける。斜面に造られた家が左右に高く積み上がっている、ということは、この街路は谷間の底部分にあたることになる。降った雨が流れた跡があり、ぬかるみに足を取られ人にぶつかる。気の荒い掘子たちに怒鳴られながら、難儀して谷の奥へと進むと、少しだけ高く開けた場所に大きな建物が見える。寺のようだ。

「銀山の寺といえば、佐毘売山神社ですか」

　吾平が寺を見上げながら問う。佐毘売山神社は神屋寿禎の再開発以前より銀峯山に祀られていた神社である。鉱山の守り神である金山彦命を祀っており、全国各地の鉱山では必ずと言っていいほど祀られている。

「いや、大森の佐毘売山神社はもっと山腹にある。あれは西本寺だな。もとは天台宗の寺だったというが、数年前に浄土真宗に改宗したと聞く」

　寺の門前は、これまで以上に人が多かった。寺の地所には様々な小屋が建てられている。どれも簡素なものであるが熱気がある。人垣に遮られて分からないが、何らかの商いをしているように見える。

「浄土真宗ですか。私にはあまりなじみがありませぬ。天台宗や臨済宗の方々とは大陸との往来でお会いすることもありまするが」

古来より、寺社各宗派は仏教の聖典を得るために大陸の唐や宋、明の都へ留学僧を派遣してきた。そのため、大陸航路における日本の玄関口にあたる博多湊には大宗門の寺が建てられている。彼ら留学僧は、仏教を学ぶとともに大陸の文化や文物、さらには交易により銭の輸入なども行ってきた。その意味では神屋ら博多商人と共栄関係にある。

「そうだな。浄土真宗のような新しい宗派では博多には食い込めぬからな」

浄土真宗は元々天台宗の末寺であった。「阿弥陀如来さまにおまかせすれば全ての人は往生することができる」とする簡潔な教義であるがゆえに戦乱の世にあって民衆に広まり、近年はその信徒を増やし巨大になりつつあるという、新勢力であった。

門前の混雑を避けながら、二人は寺前を通り抜ける。その時、吾平は見知った顔を見かけた気がしたが、先を急ぐ寿禎の背に追いつくために歩速をあげるしかなかった。

「これはこれは。遠方よりご足労いただきありがとうございます」

神屋寿禎と吾平の二人が訪れたのは、街道沿いの町並みを抜け、銀山の工房街、その最奥に位置する建物であった。

　工房街に入れば、先に見たような無秩序さは見られない。工房街にも多くの小屋が立ち並ぶが、鉱夫は石を運び、水を流し分別し、銀吹き師らが火を使い精錬する、という危険な作業が付き物であるから、工房の設置にはある程度の取り決めがある。効率的な作業動線を確保しつつ、火の事故が起きた時には類焼を避け、避難ができるための閑地も必要である。小屋も簡素ではあるが柱は頑丈で軒は高く内部屋は広い。熱気が内に籠らない工夫も随所に見られる。

「いえ、三島殿。我らも貴方方に全て任せきりで、心苦しく思うております」

　建物は工房街の集会所といった趣で、人の出入りが大勢ある。その一室で、神屋寿禎らは三島清右衛門との面会の時間をとった。

「我らに信頼頂いたことは嬉しく思うておりまするが。しかし、実際はなかなか上手くいかぬものです」

　三島清右衛門は口の端を歪める。

「銀山の噂に方々から人が押し寄せ、このざまです。最低限、工房街の秩序だけは保っておりますが、私の力が及ぶのはこれが限界でしょう」

神屋寿禎は両腕を組んで、無言で頷いた。街道沿いの雑踏と無秩序に広がる町並みとを考えれば、あの無秩序さが工房街に波及するのは時間の問題に思える。

「神屋様には我を山先として認めていただき、山師の取りまとめを行ってきましたが、私も所詮は一鉱山主の山師にすぎませぬ。これ以上、人が増えれば工房街にも混乱が押し寄せ、いつか事故が起きましょう」

三島清右衛門の心配に、神屋寿禎も同意する。先の無秩序な町並みで火事や洪水などが起これば、どれだけの死人がでるか。

「となれば、どちらからか有力者を呼び、その方に工房街も銀山街も管理して頂き、人の流入を抑えて貰わねばなりませぬ」

清右衛門の視線がまっすぐに寿禎に向けられる。つまり、清右衛門は、その管理役を神屋家で、もしくは神屋寿禎本人にやってもらいたいと考えているのであろう。少しの間、睨み合いのような沈黙が続き、吾平が心配しかけたところで神屋寿禎が口を開いた。

「私は大森銀山を自治都市として築き上げたいと考えております」

　これは、以前にも言っていたことだ。

「そのため人の出入りに制限を加えるつもりはありません」

　しかし、と言葉を挟もうとした清右衛門を右手で制す。

「そう、しかし、です。人が集まれば諍いが起こる。今の無秩序さは私も望むものではありませぬ。諍いを収めるためには規定、つまり法度が必要です。博多や堺といった自治都市にはその法度を定め、争いが生じた際にはこれを裁定する仕組みがあります」

　博多には「年寄」と呼ばれる役職が、堺には「会合衆」という組織があり、それぞれの自治を担っていた。

「博多や堺では、複数の有力商人がその役職を担っておりまする。その意味では、三島殿のお考え、理解できまする」

　三島清右衛門が一つ頷くと、しかし、と言葉が続く。

「博多や堺は商売の町であります。であれば商人が法度を定め、商人がこれを守ることは必定。しかるに、ここ大森銀山は鉱山の町なのです。商人の都合で町を治める訳には参りませぬ」

山師や掘子、銀吹き師などは危険を顧みずその仕事に従事しているだけに自尊心が強く、商人の言に従うとは思えない。

「言わんとすることは解るが、では我に無理を承知で進めろ、ということか」

三島清右衛門は不快げに首を捩じる。

「いえ、三島殿にばかりご苦労をおかけするわけには参りませぬ。それに大森で働く人々は、何も鉱夫だけとは限りますまい」

吾平は街道を埋め尽くすほどの人々を思い出す。

「博多や堺が自治都市として商人が治めているのは、商人が自らの財力をもって兵を雇い武装し、堀と塀を築き、他の権力の侵入を阻んでおるからです。自前の武力で盗賊や海賊、国人領主などから身を守っているからこそ、自治が可能なのです。しかし、鉱山ではそうもいきませぬ」

鉱山は工房街こそ一箇所に集中できるが、坑道は山腹に散在し、水や燃料なども広範囲から入手せねばならない。かかる人手も桁違いだ。これを全て堀と塀で囲って守ることは不可能だ。

「ですから、大森銀山は商人のものでも、山師のものでもなければ、寺社のものでもない。しかし、それぞれ皆で治める町としたいのです」

「つまり、銀山に関与する者が集まり自治組織を組む。その中には山師の我や、商人の神屋殿も含まれる、ということか」

「そういうことになります。また、銀山では自衛のための戦力を維持することが難しいので、国人領主や寺社とも連携して統治できればと考えておりまする」

「領主と寺社、か」

　少しだけ考えて三島清右衛門は応える。

「寺社は、まあよい。我ら山師も常日頃から佐毘売山への参拝は欠かさぬ。少なからず諍いを治めていただいたこともある。近頃は浄土真宗に帰依する者も増えてきたところだ。彼らの力を借りれば、人々も抑えられるだろう」

　しかし、と言って三島清右衛門は苛つくように言葉を吐く。

「しかし国人領主を加えるのはどうだろうか。先だっても矢滝城をめぐって大内と尼子が争ったばかりだ。銀山そのものに手を出さないとはいえ、戦のたびに街道は封鎖され、食い物を取り上げられ、勝手に関所を作って金を巻き上げる。どちらにせよ、連中の身勝手な争いに巻き込まれるのは御免だ」

荒れた言葉に吾平は驚くが、神屋寿禎は逆に清右衛門を宥めるようにゆっくりと応える。

「大内の殿も代替わりして、銀山の重要性に気が付かれたようでございますよ。本腰で銀山の守備を固めるおつもりでございます」

大森銀山の中心地である仙ノ山、そのすぐ脇に、それこそ銀山を有することを示すかのように聳える山吹城。その山吹城が築かれたのはこの直後の事である。

「それと大内家や尼子家が争うにしても、彼らは遠国の領主であります。そこでここは小笠原家を頼み、銀山街の自治とは間接的な繋がりに限定したいと考えております」

事実、この後、大内と尼子が大森銀山の領有をめぐって争い、幾度も所有者を変えている。しかしそれは争いの結果で小笠原家が大内と尼子のどちらかに付くか、の違いであって、小笠原家が、もしくはその累系が山吹城を支配していたことには変わりなかった。

「先程お話ししたとおり、大森銀山は仮に自治都市となっても自衛の力はありませぬ。盗賊や国人領主などの勢力から襲われないためにも、広く利益を共有しておく必要があるのです」

「なるほど。そういう事であれば仕方もない。確かに他に良い案はないしな」

三島清右衛門は唸りながらも、寿禎の提案に賛同する。

「そうなると、これから具体的にはどうするのだ」

「まずは人選となりましょう。自治には組織が必要ですから幾人かの有力者の協力が不可欠です。鉱夫や商人、町に住まう人々にも、あの方々が治めてくれるなら安心できる、と思われる人物を選ばねばなりますまい。三島殿には山師や銀吹き師の中で信望の厚い方を選んでくだされ。私は銀山界隈で商いを行っている者から人を選びます。大内の殿や小笠原殿には私から話をつけましょう」

そして、と言葉を続けて神屋寿禎は吾平の方へ振りかえる。

「寺社との交渉と、またこれら全ての連絡役として、この吾平を残します。今後、何かありましたら、この吾平に連絡をよこしてください」

突然の指名に吾平は、ええっ、と素っ頓狂な声をあげる。

「お、お待ちください、寿禎様。私のような者にそんな重大な役目など」

「吾平。お主は銀峯山で共に観音様の光を拝んだではないか。それもきっと観音様の思し召し。繋がった縁は大切にするものだ」

「そうだな。お主なら顔見知りで気安い。我からもよろしく頼むぞ」

そんなぁ、と小さく項垂れる吾平に、寿禎は笑いかける。

「何、お主に銀山を治めてくれと言っている訳ではないのだぞ。私もしばらくは銀山に逗留する予定。相談にはのってやる。だがいつまでも銀山ばかりに関わってはおれぬからな」

神屋寿禎は博多商人であり、その稼ぎ頭はなんといっても大陸との交易である。これればかりは本人が直接差配する必要がある。

「お主はあくまで連絡役だ。これからしばらくは、自治組織設立のための準備期間となる。手早くこなさねば、全てお前に任せることになるぞ」

吾平にとって、忙しい日々が始まった。

大森銀山にも神屋家の店がある。銀の買い付けや国外から運び込んだ米や味噌などの食料品を売りさばく拠点となる店だ。当然、この店にはそれまで買い付けや小売を行っている神屋家の店番がいる。吾平はこの店の一室を借り受けて、方々を駆け回り与えられた役目をこなすこととなった。

吾平が頭を悩ますのは寺社との交渉である。銀山界隈で寺社と言って真っ先に挙げられるのは佐毘売山神社である。

佐毘売山神社は時の室町幕府将軍、足利義教（よしのり）の命を受けた大内持世（もちよ）によって永享六年（一四三四）頃に仙ノ山に勧請されている。大内持世は足利義教からの信任が厚く、北九州の有力者である少弐氏や大友氏を征伐し博多湊を押さえていた。そして、足利義教は失墜した幕府権威を復活させるために、明との勘合貿易を復活させた人物である。したがってこの二人には、国内の鉱山を再開発させその鉱物資源をもって大陸と交易を行い、国を豊かにするという目標があったのである。もっとも、この時は足利直冬が大森銀山の露頭を掘りつくしてからすでに百年近く経過していることから、佐毘売山神社の勧請のみでは大森銀山の再開発は叶わなかったようだ。

なお、銀山の佐毘売山神社は大内氏の所領であった石見国美濃郡益田村から金山(かなやま)彦命(ひこのみこと)を勧請したのであるが、この時に大山祇命(おおやまつみのみこと)も合祀している。金山彦命は鉱山や鍛冶を司る神であり、鉱山や踏鞴(たたら)製鉄を営む中国地域の山間地では多く祀られている。大山祇命は山神様と親しまれている山林を司る神であるが、そのご利益には航海守護や商工業の発展、商売繁盛といったものも含まれている。この二柱を祀った足利義教と大内持世の意気込みはどれほどであっただろうか。

吾平は仙ノ山へと上る坂道を歩く。佐毘売山神社は仙ノ山の中腹に建てられている。鉱山を司る金山彦命を祀るだけあって鉱山経営に関わる人々の信奉が厚く、多くの掘子たちがこれから間歩に潜るところなのだろう、作業の安全を祈っていた。

この頃の坑道は山頂付近に多く掘られており、多くはひ押しと呼ばれる採掘方法である。大森の銀鉱床は、地下のマグマによって熱せられた水に金、銀、銅などの物質が溶け込み、岩の隙間や断層に沿って上昇し、地表近くで冷まされてできたものだ。そのことから、銀鉱石は土中においてひび割れ状、もしくは筋状に分布している。それが地表に露出したのが露頭であるが、そこからさらに鉱石を追って深く採掘していくのがひ押し法である。いわゆる間歩と呼ばれる坑道を掘ることで採掘量は増えるが、地表で銀鉱石を見つけたとしても、掘った先、地中で銀鉱石がどのように分布しているか分からないのだから、良い鉱脈に当たるかどうかは運である。まさに山師の世界である。

多くの山師は雇っている掘子らと共に佐毘売山神社の周囲、仙ノ山山上に集まって暮らしており、自らが有する坑道の管理を行っている。そのため佐毘売山神社にも自治組織の話は三島清右衛門から伝わっていた。

「その件でありましたら、三島殿から伺っております。当社といたしましてはこれまでどおり、皆様の安全を祈り、心安らかに日々を送れることを願って、出来る限りのことはさせていただきたいと存じます」

佐毘売山神社の宮司は吾平の依頼に、一も二もなく引き受けてくれた。もともと、山師の間で諍いが起きた際にその調停役を担ってきたのは、三島清右衛門か、もしくは佐毘売山神社の宮司であった。山師の間でも諍いは多い。坑道を掘った先が他の坑道と合流してしまった場合や、想定した程の銀が採れなかった時の支払い、鉱夫の確保や給金の揉め事や銀吹き師との契約が履行されない場合などだ。その際、山師としての掟を熟知しているか、お互いに信奉している寺社の言葉であれば、彼らは納得して矛を収めることができた。

神屋寿禎の提案は、それを工房街のみでなく周囲の町も組み込んだ広域なものにする、ということであるから、彼らには元々素地があり受け入れやすい。

「ありがとうございます」

吾平は胸を撫で下ろしながら石段を下っていった。佐毘売山神社を下った先は昆布山谷と呼ばれており、谷の両側の斜面には幾つもの間歩が切り開かれている。今、最も銀が採掘されている谷であり、人出と活気に溢れている。銀鉱山での仕事は厳しく、危険が付きまとう。それでも銀山で働く人々は陽気に、そして前向きに仕事に精をだしている。

　これから坑道に潜ろうとする掘子たちは、鑿や鎚、螺灯や油といった装備を点検しながら、陽気に笑っていた。

「このところ雨が少なくて助かる」

「ああ、その分実入りはいいが働きづめさ。腰が痛くてかなわねぇ」

「村上のとこの新しい間歩は鉉色がいいってよ。羨ましいこって」

　そういった掘子たちの声が聞こえてくる。

　坑道は水との戦いである。そもそも露天掘りやひ押しといった採掘方法では掘った穴に雨水が入り込むため、水が溜まると採掘は止まってしまう。だから間歩の入り口には屋根を掛け、地面を流れる水が入り込まないように入り口を少しだけ高くした土留めを設置する。昆布山谷の谷底を歩けば、雨除けのための屋根が幾つも並んでおり、掘子たちは吸い込まれるように屋根下の間歩へと潜っていった。

　その反対に入手(いりて)と呼ばれる男達は重そうな袋を担いで間歩から這い出てくる。入手は坑道内で掘子の手伝いをする役目であり、種々の雑用や掘りだした鉱石を叺(だつ)に入れ外へと持ち出す役目もはたす。その叺を待ち構えていた女達は袋を開き鉱石の選別を始める。鉱脈を掘った石は鏈と呼びこれには銀が含まれているが、掘りだされる石には銀の含まれない石もある。それを柄山と呼び、女たちが仕訳けた後、これを遠くに捨てるのは子供たちの役目だ。戦乱の世、また掘子たちの寿命は短く、大森には親がいない子が多い。柄山は価値のない石ではあるが、だからと言って坑道の入り口に山積みする訳にはいかない。子供たちはこれを運ぶことで山師から僅かばかりでも賃金が貰え、働きが良ければ坑道に入ることが許されるのだ。

　時折耳にする怒声は、新入りを叱り付けるものか、危険を知らせるためのものか、それとも利を巡っての争いごとか。それすらも快活で、心地よく吾平には感じられた。

　荒々しい人混みにまみれながら、谷底を流れる銀山川の川沿いを歩く。川沿いにも大小幾つもの間歩が拓けている。坂を下れば徐々に谷は開けて空が広がっていく。やがて視界が開けて大森の街並みが見渡せた。谷間の底に、ごった返した人々が互いに流れ、ぶつかり、溢れ出てくるように。斜面に伸びる無秩序な建物は、まるで飛沫だ。そこは人という波が打ち寄せる岩場、それも冬の日本海の荒波のように溢れんばかりの力があった。

その溢れるほどの力は頼もしいものでもあるが、一方で津波のように人の力では抗えないほどの勢いで工房街を飲み込んでしまえば、その自らの力の大きさによって自滅するだろう。

吾平は足元から波のように押し寄せる熱気を受けたように足をとめた。神屋寿禎の心配が、現実に溢れようとしていた。


「あれ、あの人は……」

大森の町へと戻り、次の交渉へ向かうために寄った西本寺の門前に、吾平は知った顔を見つけて驚き、声をかけた。

「竹蔵殿。竹蔵殿ではありませんか」

小汚い旅装で、以前見た時と同じ柳行李を背負った人物は、神屋寿禎らと共に船上から銀峯山に輝く光を拝んだ竹蔵であった。竹蔵は西本寺の門をくぐり抜けたところで足を止め、吾平に気づくとこちらへ足を向けた。

「これはこれは、いつぞやの神屋の小僧ではないか」

「小僧ではありません。吾平です」

「ああ、そうそう。そうだったな。いや、これはまた久しぶりになるか。いつぞやに銀峯山を共に眺めた仲間だからな。そう、これも親鸞聖人（しんらんしょうにん）のお導き」

「銀峯山の僥倖は観音様のお導きではありませんでしたか」

軽薄そうに笑う竹蔵を、吾平は睨みつける。

「そうそう。どちらも神仏であることには違いない。ここは、ほら浄土真宗の門前であるからには、親鸞聖人のおかげとしておけば間違いがないだろう」

もう一度大声で笑う竹蔵に、吾平は首を竦める。

「ところでお前さんがここにいるということは、お前の旦那様は、神屋寿禎殿は一緒ではないのか」

「今日は店で帳簿の整理をなされてい……」

言葉の途中で失敗を悟った。竹蔵の目が輝きおもむろに手をつかまれた。

「では店まで案内してくれぬか。ぜひ、寿禎殿のお話を伺いたい。そう、これも親鸞聖人のお導き。ありがたいことだ」

しかし私の用事が、という吾平の抵抗は空しく、竹蔵に引っ張られながら西本寺に背を向けることになった。


店に入ると旅塵を払い、我が物顔で茶を一杯求めたところで、神屋寿禎は店奥から顔を覗かせた。

「まるで常連客のような寛ぎ方だな」

声音に苦笑が混じっている。

「私と寿禎殿の仲ではありませぬか。共に銀峯山に登り銀鉱石を見つけ、その喜びを共にし、そして今の大森銀山の賑わいを祝おうと、はるばる足を伸ばしたのでありますから。そこで、今ここに旦那様が来ておられるという話を耳にすれば、何をおいても駆けつけるのは当然でありましょう」

「それもこれも、親鸞聖人のお導きだということですよ」

竹蔵の軽口に、向かいに座った吾平がむっつりと応える。吾平は嫌味のつもりで吐いた言葉であったが、これに対する寿禎の反応は予想外だった。

「ほう。それではお主は今、本願寺と商売をしているのか」

寿禎が興味を持ったように声音を上げると、竹蔵は人懐こい顔で笑う。

「やはり旦那だ。そうじゃなくちゃ」

竹蔵に向かい合うようにして神屋寿禎も座る。一人困惑する吾平をよそに、二人は会話を続ける。

「そりゃあ、今、京の都で一番勢いがあるっていえば、浄土真宗は本願寺でしょう。吉崎御坊の門前町といったら、その活気はもはや都の賑わいに迫るものだともっぱらの噂ですから」

「そうだな。北陸からの商人に聞いたことがある。門前町には商人や職人が軒を連ねて商売を行っていると。しかも御坊は地子免許、諸役免許の特権を得て、多くの人々が集まってきていると。本願寺はその人々の喜捨を得て大いに潤っているとか」

「それゆえ、国人領主からは狙われ、他宗派からの弾圧も激しいのですが、それを全て撥ね退けておりますから。宗教に帰依する人の力とは恐ろしいもので。特に真宗は大勢の人を集めるのが上手い。一向一揆というやつで」

一揆とは、志を同じくした者が集まり一つの目的を達成するために共同体を結成することである。そして浄土真宗を弾圧する者に対してこれを退けるために結成された一揆を、一向一揆と呼ぶ。

「その勢力はもはや、比叡山や法華経といった宗派に留まるものではありますまい。先には、幕府管領の細川晴元殿と大戦を行っておりますから」

寺社の役割といえば、神仏に願うことで飢餓や疫病を鎮め、人々の不安を取り除いて心の平穏を得る、ということが思い描かれる。しかし現実社会の中に存在する以上、俗世との関りが捨てられるはずもなく、治世としての宗教として政治中枢に入り込み、留学僧は新しい知識や文物を広め、交易や喜捨によって財物が動けば人も動く。寺社は人々にとって、物心両面で欠かせないものになっている。

そういった知識を吾平も当然に知ってはいるのだが、自らの商売や行動に組み入れていく考えはなかった。

「それでお主は今、何を本願寺と商っておるのだ」

神屋寿禎が尋ねると、以前と同じように竹蔵は柳行李を手元に引き寄せて蓋を開けた。以前より増して蓋は開けにくそうである。

「今の荷はこれですよ」

「ほう、銀か」

行李の中には大量の銀が詰められていた。ここ、大森銀山で仕入れたのだろう。考えてみれば、大森銀山に来て仕入れるものといえば銀以外にはありえない。だが、問題はそこではない。

「銀、なのは解りますが、これほど大量の銀を仕入れるには幾らの銭が必要になるのですか」

吾平が驚いたのはその量だ。人が背負える程度の銀とは言え、いち行商人が扱うにしては明らかに高価な品物だった。

「竹蔵殿はこれまでの商売で、それほどの銭を稼いでこられたので？」

吾平の問いに、竹蔵はニヤニヤと含み笑いで応え、寿禎は無言のまま何か考えていた。そして暫くして、寿禎は竹蔵へと向き直る。

「竹蔵殿、本願寺と証書を交わしておるだろう。それを見せていただけないか」

証書？　といぶかる吾平に、竹蔵は常のにこやかな笑顔に戻り懐に手を入れた。

「さすがは旦那。よくお気づきで」

差し出した証書を寿禎は恭しく手に取り、ゆっくりと広げた。そこには寺の名とそれに連なる幾人分の名前。それと銭貨のものと思われる数字が記載されている。

これは、と訝る吾平をよそに、寿禎は一つ頷く。

「これは本願寺への喜捨目録と、それに為替か。なるほどな。これを担保にして銀を仕入れたのか」

「えっと、それはどういう仕組みなのです。喜捨といえば寺に納める布施のことですよね。それがこの銀と……。一体どういう絡繰りで収益をだすのです？」

銀と証書とを見比べながら首をかしげる吾平を、竹蔵は変わらぬ笑みをニヤニヤと浮かべている。吾平の問いに答えるのは寿禎だ。

「これを説明するには、一つ一つの事柄を整理していく必要がある。まずは、寺社における金儲けの方法についてだ。お主も知ってのとおり寺社は神仏にすがり心の平穏を願うだけのものではないことは知っておろう。人が何かを成すためには金が必要だ」

ほとんどの町村において、最も立派な建物といえば寺堂であり社殿である。山陰道においても出雲大社や日御碕神社などは、国人領主の館などよりよっぽど巨大な社殿を有している。

「吾平、お前も博多で天台宗や臨済宗の寺に参拝したことがあるだろう」

博多の聖福寺といえば栄西が開いた臨済宗の寺である。そして日吉神社はそれよりも古く比叡山の日吉大社の神を勧請して建立された社であり、開運、醸造、安産の神として信仰を集めている。

「平安の世より続くこれらの宗派は、唐や宋へ留学僧を派遣して、正しい仏法を学び、多くの仏典を持ち帰ってきた。日本国としては、外国との交渉を大宰府、ひいては博多の箱崎宮に限ってきたので、聖福寺や日吉神社は宗門としての対外国との窓口に当たるわけだ」

「私も明から戻ってきたという留学僧にお会いしたことがあります」

「そうだ。だが、彼ら留学僧が持ち帰るものは仏典のみであらず。船を仕立てて危険な大海を渡り遥々大陸まで赴くのであるから、合わせて交易も行っている。日本からは様々な鉱物資源や日本刀、工芸品などを運び、大陸からは生糸や銅銭を持ち帰ってきた。これは投資した額の五倍も十倍も回収できる大きな取引だったのだよ」

これらの寺社は交易で得た利益を時の幕府に寄付し、その代わりに権力からの庇護と様々な特権、地子免許（荘園の年貢や町屋地の地子を免除すること）や諸役免許（夫役や軍役などを免除すること）を得ていた。さらに幕府や国人領主から荘園の寄進を受け、ほとんど国人領主と変わらないほどの勢力を築いていた。

「これに対して、鎌倉仏教の一つである浄土真宗は遅咲きの宗派だ。既に他の宗派が利権を獲得している外国との貿易には手は出せない。だから彼らは門前町という人集めによって金を集めているのだよ」

「人集めが金集めですか」

浄土真宗は堅田や吉崎といった地に本堂を建て、その門前に町を作り商人や職人を中心とした人々を呼び寄せた。僧侶は元々、大陸から伝えられたさまざまな文物や技術を持っている。例えば酒を醸造する技術だ。そして信者からの寄付金は本来、本堂の修繕や教義を普及するために用いるものであるが、常に必要なものではないため土倉や酒屋に貸し出して利子を受け取っている。土倉や酒屋は門前町に集まった職人に投資したり、農民に種代として貸したり、買い集めた米から酒を醸造して販売するなどの商売を行っていた。

「門前町に人が集まりその経済活動が活発になれば、それだけ信者からの寄付、喜捨は増えて寺社に金が集まる」

「そうそう。まさに信者がそのまま儲けに繋がるってのが、浄土真宗のやり方ってわけだ」

神屋寿禎の説明に、竹蔵も笑いながら頷く。

「応仁の乱以降、京は荒れ果て将軍家の権威も失墜し、政権中枢に寄り添っていた天台宗や臨済宗といった宗派は大きな打撃を受けている。その反面、地道に人集めを行ってきた浄土真宗はますます拡がりを見せ、大坂に石山本願寺を建立しさらに西日本へも教義を広めようとしている。ここ大森銀山でも銀鉱山で人が集まることを見越してか、浄土真宗の寺が増えてきているな」

大森銀山においても、西本寺、安養寺、西性寺といった寺が、この時代に天台宗から浄土真宗へと改宗している。

「浄土真宗は石山本願寺を中心とした中央集権の教団だ。石山本願寺から全国各地の寺に僧侶を派遣して教義を広めるとともに、門前町に人を呼び寄せ、集めた喜捨を再び石山本願寺へと送り集めている」

もちろんこの喜捨は総本山たる石山本願寺だけで用いられる訳ではなく、修繕などが必要な寺に割り振られるし、信徒救済のためにも使われている。

「そこで、竹蔵殿が持っている目録と為替だ」

ようやく話が目の前に戻って、吾平は一息ついた。

「これは銀山界隈の真宗信徒が寺に納めた喜捨の目録だ。ここに記載されているとおり、喜捨は銭で納められている」

為替には人名と銭高とが並べて書かれている。

「本来、この書類は同数の銭と対をなすものだ。だが、これだけの銭を用意し、大坂まで運ぶことは容易ではない。その量を確保するのも、銭の重さもな」

国内の銭不足は深刻である。以前、竹蔵が行っていた鐚銭を用いた商売は銭不足が起因する地域ごとの貨幣制度の違いを利用したものであるし、これを解決するために神屋寿禎は銀銭の導入を目指しているが、未だ道筋さえ付けられていない。さらに、銭の原材料は銅であるから遠くへ運ぶには重く嵩張る。

「そこで、それらの問題を解決するのが、この為替なのだ」

「為替が問題を解決、ですか」

言って吾平は紙に並んでいる文字を眺める。その最後に西本寺の住持の名がしたためられている。

「まあ、この為替は控えだがな」

言って、寿禎は証書の一角を指差す。

「この為替は西本寺が喜捨と同じ額の銭を保障している、というものだ。これを本願寺へ、いや浄土真宗宗派の寺社や土倉へ持ち込めばここに記載されているだけの銭と交換ができるし、この為替を使って商品を買い入れることさえできる」

「銭と同じように使える、ということですか」

「まあ、そうだ。為替を受け取ったものは、またこれを渡せば銭に変えて商うことができる。証書の保証は西本寺がすることになっており、回りまわって最終的に西本寺にこの証書、為替が戻ってくれば結果的に問題がない。つまり、この紙一枚を持っておれば、数少ない銅銭を掻き集めて重い銭をわざわざ大坂まで苦労して運ぶ必要はなく、喜捨を銭として使うことができるということだ」

「ははぁ、よく考えますな。これは我々も利用できないものなのですか」

　素直に感心する吾平に、寿禎は苦笑する。

「ただ、これも本願寺の末寺が全国に広がっているため、そして寺社としての浄土真宗への信頼があるためだ。したがってこの証書を堺商人の店に持って行っても通用しないぞ」

　その商人が浄土真宗に帰依していれば使えるかもしれないがな、と付け加える。

「それに為替も絶対安全という訳ではない。為替を持って行っても受け取ってもらえない可能性も残っている。だからこれを発行する者は記載の銭貨から保証料を抜き取ることになっている」

ははぁ、と吾平は感心しきりだ。

「さすがは神屋の旦那だ。よく知っておられる」

竹蔵は為替を手にして自慢げに笑う。

「そういうことで俺は西本寺から石山本願寺へ納める喜捨を運ぶ仕事を請け負い、これを担保に銀を買い入れましたので。それで堺で銀を銭に変えて、西本寺の代わりに石山本願寺へ喜捨を納める。その時の差額が俺の手元に残る、と。こういう仕組みですな」

大森で産する銀は、他国へ運べば大きな利益が期待できる。その利鞘は投資額、すなわち元手が大きければ大きいほど儲けが大きくなる。しかし、いち行商人では大した元手が用意できない。そこで、浄土真宗の喜捨を利用しようという商売である。どうだ、と自慢するように竹蔵は胸を張る。吾平は悔しくも羨ましく、その商売を考えついた竹蔵を眺めるしかなかった。

竹蔵はその後も寿禎と吾平を相手に雑談という名の情報交換を続けて、女中が持ってきた茶を三杯、団子を五個も食べてから店を去っていった。

「相変わらず騒々しく、忙しい人ですね」

竹蔵の背中が人混みに消えたところで吾平が苦笑すると、反対に神屋寿禎は深刻そうに何かに思い悩んでいる様子だった。

「旦那様、どうされました。何か忘れておりましたでしょうか」

そもそも、吾平は西本寺へ自治都市の交渉に行く予定であったのだが、竹蔵に引っ張られて雑談にふけってしまったことを思い出した。しまった、という言葉が頭の中をよぎったが、寿禎が考えていたことは全く別のことだった。

「ああ、竹蔵殿の商売のことなのだが」

「はい」

「いや、何か引っ掛かりを覚えてな。竹蔵殿の説明も理解できたし、十分な利益が見込めるとは思うのだが……。何かが引っかかる」

「はあ、そうなのですか」

銀山の人混みに紛れた竹蔵を探し出すのは不可能だろう。いつもの軽い足取りで、すでに大森の町を抜け出ているかもしれない。それに、呼び止めたところで具体的な問題が見えているわけではなかった。

「まぁ、竹蔵殿は竹蔵殿なりの矜持をもって商売をしているのだろうからな」

以前、銀峯山で出会った時もそれとなく商売を誘ったのだが、彼はあくまでも自分の力量で商売を行うことに拘っていた。

「機会があれば、また会うこともあるだろうよ」

その後、吾平の仕事、自治都市に向けた寺社との交渉、浄土真宗派の寺社との交渉は初っ端から頓挫して全く進めることができなかった。一番の理由は、全国規模で信者を獲得している浄土真宗は既に全国的な組織を構築しており、神屋家からの提案に対して必要性を感じなかったことである。浄土真宗の組織網と新たに造ろうとする銀山の自治都市との間で、それぞれがどう役割を担うかが調整できなかったのである。

自治都市において重要な役割のひとつは、その街に住まう者が守るべき規則を定め、何か揉め事が起きた際にはそれを裁定することである。現代に置き換えれば、立法と司法である。この権限を朝廷から委託され全国規模で行っていたのが室町幕府であったのだが、今、その力は地に落ちている。その代わりに台頭してきたのが、守護大名などの領主や、寺社勢力であった。彼らは自己が有する武力や信仰の力を用いて地を治めている。すなわち、浄土真宗は石山本願寺を中心とした全国各地の寺社と門前町とを治めるための、立法と司法といった仕組みを既に確立しているということだ。大量の銀を産出する大鉱山といえども、いち地域のために今の浄土真宗のやり方を変える必要を感じなかったのだ。

「さて、どうするべきか」

吾平は町中をぶらつきながら、考えを巡らせる。吾平へ重い課題を背負わせた神屋寿禎は、今は博多へと帰っている。その際に、石見の小笠原家、山口の大内家へ訪れ、自治都市の話を進める予定だという。五日ほど前に博多から沖泊に着いた船が持ってきた話だと、寿禎の交渉は順調で近日中に大森銀山へと戻ってくるということであった。吾平が課題を突き付けられてから、三箇月が経過しようとしていた。

「旦那様が戻られる前に、何かもう一つ、進める手はないだろうか」

三島清右衛門には「もうあきらめよ」と言われた。彼らの頑なな態度には、常に荒くれもの揃いの山師たちを相手にする三島清右衛門も匙を投げるほかなかった。それでも何かできることがないか。そう、吾平は考え続けている。

先日は水の手のことで、工房街と町の住民とで諍いがあった。工房街では鉱石を選別するために水を大量に用いる。そして山上に並ぶ工房街は町の川上に位置することとなる。先日の大雨の際、工房で汚れた水が溢れて、銀山町の人々が使う飲み水を汚してしまったのだ。生活、生産活動に欠かせない水利権はどの町村でも厳格に管理されており、ここ大森銀山でも同様であるが、天災における事故は致し方ない。それでも、町人の代理として浄土真宗の僧が工房街に乗り込み、騒ぎとなった。このときは佐毘売山神社の宮司が事を収めたと聞いている。

「このままでは、工房と町の対立を煽るばかりになってしまう」

吾平の心配はそれである。町に住まう人々は直接に銀鉱山で働く人ばかりではない。鉱夫を相手にして飲食や娯楽を提供する人々など、人が集まることで生まれる商売というものがどこにでもある。戦乱の世でもあり、家屋を焼かれやむなく故郷を逃れた人々は、食と仕事を求めて大森へとやってきている。大森の町に人は増えるばかりである。そして彼らは山師の山先である三島清右衛門や、佐毘売山神社に敬意を払うとは限らないのだ。

「旦那様は既にこのこと、分かっておられたのだろうな」

改めて己の力の無さを噛み締めつつ、つらつらと歩みを進める。

その時、剣呑な怒声が町中に響き渡った。

「野郎、よくもおめおめと帰ってきたな。あっ、こら逃げるな」

「そっちに行ったぞ、あっちに回り込め。逃がすな」

喧騒に負けないほどの怒声が起き、人の波が動く。見れば西本寺のあたり。誰かが人垣の足元を、地べたを這うように駆け抜けて、その後ろから人混みを掻き分けながら追いかける男たちの姿があった。やぶへびやぶへび、と呟きながら吾平はその諍いから避けようとしたが、ふと地べたを這う男と視線が交錯した。あっ、と叫んだのは互いが同時だった。

「あっ、竹蔵殿」

「神屋の、そう吾平殿！　これはいいところに」

竹蔵は飛びつくように駆けて、吾平の肩を掴んでその背に回った。

「いやあ、地獄に仏とはまさにこのこと。これぞ観音様のお導き。ここは吾平殿。極悪人に騙され可哀想な私を助けてくださいまし」

「いや、竹蔵殿。どうされたので」

突然の、予想もしていなかった再会に慌てていると、人垣を割って駆けてきた男たちが吾平たちを取り囲む。

「とうとう捕まえたぞ。大人しくしやがれ」

強面の男たちが三人、手には杖を持ちその棒先を吾平らに突き付ける。彼らは杖の扱いに長けた様子で、寺の僧兵なのだと理解した。突き付けられた棒の先には斑の染みが見え、彼らの荒々しさがうかがい知れた。

「なっ、何があったので」

僧兵と竹蔵との間に割り込む形になった吾平は、顔が引き攣りながらも口を開いた。

「何がじゃねえ。そいつは神仏をないがしろにする大悪人だ」

「そうだ、こいつは我ら信徒を騙して、大切な喜捨を懐に入れやがったのだ」

突然の諍いに、距離を取って囲んでいた人々から、「なんだって」「ふてぇ野郎だ」「地獄に落ちろ」と非難の声が上がる。

「違う。俺はそんなことしてない。信じてくれ！」

竹蔵は両手を振って無実を訴えるが、人々の視線は冷たい。

「なあ、吾平殿。吾平殿は俺の事、信じてくれるよな」

皆の視線が吾平に集まり、身が竦んだ。竹蔵の懇願、人垣から浴びせられる嫌悪と疑心の目、そしていつの間にか七人にまで増えた僧兵たちの殺気立った姿。この場を収めるだけなら、僧兵の言いなりになり竹蔵を引き渡すことが最善だ。

しかし吾平が神屋家の一員であることは銀山界隈では周知の事実である。その一挙一動が、神屋家の方針であると人々は感じ取るだろう。果たして、今の神屋家の方針とは何か。そこまで考えて、心が落ち着いた。

「少しお待ちください。双方、言い分が異なるのであれば、然るべき場をもって裁定を下すのが筋というものです」

吾平は竹蔵の前に立ち塞がるように両手を大きく広げる。人々の喧騒が少しだけ収まった。

「暴力と数をもって一方的な主張を通すというのが、神仏の導きなのでしょうか。そうではありますまい」

吾平の目の前に杖を突き付けていた僧兵は、ぐ、と喉を鳴らして棒先を下げた。だがそこに若い僧が吾平の前に割り込んできた。手振りでいきり立つ僧兵を下げさせる。

「私は西本寺に勤めております碓氷（うすい）というものです。我々も手荒なことは望んでおりません。やもなくこの様な騒ぎを起こしたことは申し訳なく思うておりまする」

碓氷と名乗った僧は剃髪し袈裟を掛けている。都人のような涼しげな立ち姿が、無秩序な銀山の街並みにはそぐわない。そして彼は吾平の前に一枚の書状を差し示した。

「ここにありますのは石山本願寺から送られてきた書状です。ここには西本寺で集められた喜捨を、ある人物が大坂へ運ぶ役を引き受けたにもかかわらず大坂へ着くなり逃げだした、とあります。その人物は宗徒が集めたなけなしの銭を懐に入れたまま一銭も納めず、そのまま行方をくらませたというのです」

困ったものです、と芝居じみた様子で首を振る。後ろの僧兵からは「この男が全て持ち逃げしたたに決まっている」と怒声があがる。

　碓氷はさらにもう一枚の書状を取り出して吾平に渡した。

「これ、このような手配書が全国に配られておるのです。そして、なんと西本寺の信徒が今しがたその人物、竹蔵様を見つけたため追いかけた、というのがこちらの主張です」

　その手配書の人相書きは、確かに竹蔵の人相に合致する。石山本願寺の署名もある。それに信徒の喜捨という話も、以前竹蔵から聞いた話と一致する。

「だから、それは間違いなんだ。俺はそんなこと、やっちゃいねぇ」

　上擦った竹蔵の声は逆効果で、人垣からは「やっぱり嘘つきだ」「早く捕まえてしまえよ」「外法者め、地獄に落ちろ」などといった叫び声があがる。

「そこにいる竹蔵様は我が寺社が引き取ったのち、石山本願寺にて裁定を下すこととなっております。これに異を唱えるとは石山本願寺を否定することと同義。仏法の敵とみなされること、手広く商いを行っておられる神屋家の稼業にも影響があるのではありますまいか」

ぐっ、と息が詰まる。吾平は困惑して辺りを見渡す。僧兵はともかく、周囲の人垣からも厳しい視線が寄せられる。大森銀山内での融和を図ろうとしている神屋寿禎の想いを知っている吾平にとっては、銀山に住まう人々の反感を受ける訳にはいかない。しかし最後に視界の端にかかった、竹蔵の縋(すが)るような懇願を目にして気が変わった。

「やはり、お主らの主張は一方的に過ぎる気がする。この男も石山本願寺で裁定が行われることが不服で逃げ出したのだろう。本当に逃げるのであれば、事の発端となった大森には戻ってこないはずだ。彼に罪が無いとは言わぬ。だが、ここは我ら神屋家と西本寺の両者で裁定を行ってはどうか」

碓氷の主張に吾平が折れて竹蔵を差し出すことを確信していた僧兵たち、そして周囲を取り囲んだ人々は一瞬、吾平の反論にあっけを取られて口を閉ざした。だが、碓氷のみは吾平を冷ややかに見やる。

「この者の罪はすでに明らかになっております。神屋様の手を煩わせていただくまでもありませぬ」

言って、手にしていた手配書を人垣の一人へと手渡す。受け取った男は手配書と竹蔵の顔を見比べて、確かにあいつのことだ、と頷く。

「これは西本寺の、そして本願寺の問題です。商人である神屋家の方であればお判りのことと思いますが、他家の事情に首を突っ込んで掻きまわすような行動は慎んで頂きたい」

穏やかだが断固とした口調の確氷に引きずられるように、僧兵たちの態度も硬化する。

「お前ら商人など、人々の稼ぎを掠め取って金を集めているのだろうが。そんな奴の言う事など聞けるか」

僧兵が叫ぶと、それに同調するように人垣からも怒声が飛ぶ。僧兵の杖が、再び目の前に突き付けられた。人々も熱気に呑まれたように異様な雰囲気に包まれ、一触即発の状態となった。その熱気にあてられたように僧兵の一人が杖を振り上げて、吾平たちを打ち据えようとした。

「そこまでだ」

その時、よくとおる声が響き、人垣を割って男が一人現れた。

「ここ大森において争いごとは許さぬ。この場で起きたことは全て儂が責任を持って引き取るゆえ、互いに矛を収めよ」

場の中央に躍り出たのは神屋寿禎であった。神屋家の傭兵が続いて割り込み、吾平と人垣の間に壁を築く。

「神屋、寿禎殿か」

このような時に、と碓氷は小声で舌打ちをする。神屋家自体は大森銀山で商売を行っている商家の一家に過ぎず碓氷が恐れることはないが、それが神屋寿禎本人となれば話が異なる。銀山の再開発と大陸からの新技術を導入したことで今の大森の活況を築き上げた神屋寿禎は、銀山に住まう人々にとっては神のごとき存在であり、皆に崇拝されている。

「矛を収めるもなにもありませぬ。そもそも我ら宗門は争いを好むものではありません。我らはただ契約を果たしていただきたいと願い、そこなる竹蔵殿を呼び止めただけでございます」

碓氷は神屋寿禎に臆することなく、断言する。

「それゆえ竹蔵殿をこちらに引き渡していただきたい」

この件に神屋家は関与不要、と突き放すような物言いに、神屋寿禎は厳しい表情を崩さずに応える。

「これが西本寺の諍いであれば、銀山界隈での諍いであると同義。そしてこの場の混乱は西本寺の手に余る事態であることは明らか。したがって、ここでの諍いは全て神屋家が引き取ることとする」

荒々しくはないが周囲に響き渡る声が、喧騒を収めていく。ただ碓氷、一人だけがこれに抗する。石山本願寺の書状を寿禎の目の前に突き出す。

「これはこのとおり我が宗門の問題であります。この場の混乱も竹蔵様、ただ一人を引き渡していただければ全て収まりますする」

突き出された書面を寿禎は一瞥する。後ろに控えていた従者に何事か耳打ちすると、従者は背に負っていた箱を地面に下した。「何を？」するのかと気が逸れた瞬間、神屋寿禎は碓氷が手にしていた石山本願寺の書状を奪い取った。

「あっ、何をなさいますか」

取り返そうと伸ばした手を寿禎は退がって躱すと、地面に据えた箱に手をかける。勢いよく開けると、その中には大量の銭が納められていた。囲んでいた人々が息を呑む程の量だ。

「この諍い、我が神屋家が買い取ろう。書状の額面に利息を四割、それに迷惑料を含めた額でいかがだろうか」


「申し訳ありません。旦那様」

「いや、吾平が頭を下げる必要はない」

ようやく一息付けたのは、神屋の商家に入り、茶を一服飲み干してからだった。竹蔵も一緒だ。無言のまま寿禎の背について歩き、今もまた俯き加減で茶碗の縁を指先でなぞっている。

「大事に至らなかったこと、重畳であった。吾平の成長ぶりもなかなかのもの」

「まさか、少し前から覗いておられたので？」

恥ずかしさに頬が紅潮する。

「ははは っ。お主の言でその場が収まるのならば、それはそれで結構なことだと考えたのでな」

「結果はなかなか難しいところでありましたが。そう、それよりも疑問に思ったことが。旦那様は今日の事を予想されていて、あれだけの銭を準備しておられたのですか？」

吾平の疑問に、竹蔵がぴくりと揺れる。

「使わぬに越したことはなかったがな」

言って、寿禎は竹蔵をみやる。

「商売とはいつ何時、危地に陥るか判らぬ故、出来るだけの準備は欠かしておらぬ。まあ、銭は寝かしておいても腐らぬしな」

「とはいえ、銭を寝かしておいても旨くはなりませぬし嵩も増えませぬ」

「確かにそうだが重石にはなる。そう、例えば儲け話に浮かれ、足元を掬われないようにな」

明らかに動揺したように竹蔵が揺れた。

「さて、此度の諍い、神屋家が買い取ることとなった」

これは現代で言えば不良債権の回収である。竹蔵が不渡りを出した浄土真宗からの借入金を、寿禎が全額を弁償して証書を買い取ったのだ。それも借入期間の利子も含めて。

ちなみにこの時代の月利（お金を一箇月借りた時の利子）は八パーセントといわれる。これを複利計算で年利に換算すると二五〇パーセントを超える。現代の感覚からすれば暴利極まりないが、この当時の金貸し相手は主に農家であり、金を借りて種籾を買うのが主である。米の作付けでは一粒の種籾が百から三百の籾に増えるため、これだけ高い利子であっても払うことができたという。

「我が家が買い取ったのは書状のみにあらず、この度の諍い、その原因となったこと全てである。ついては竹蔵殿。事の詳細を教えていただけないだろうか」

寿禎の問いかけに竹蔵は一度面を上げて、すぐに視線をそらすと長い息を吐き、さらに空になった茶器を指でなぞってから卓に置いた。

「この度は神屋寿禎殿、ならびに吾平殿には多大な迷惑をかけ、また、危ういところを救っていただいたこと、感謝してもしきれませぬ」

竹蔵は深く頭を下げた。それには及びませぬ、と言いかけた吾平を寿禎は手振りで止める。竹蔵は頭を下げたまま、言葉を続けた。

「寿禎様に儲け話に浮かれた者、と揶揄されても返す言葉がありませぬ。身の丈を超えた大商いに手を出したこと、今となっては後悔しかありませぬ。がしかし、この先の商いのため、そして寿禎様の期待に応えるため、私が見てきたことを包み隠さずお話いたします」

言って竹蔵は頭を上げた。そこにあるのは、目の前の事に真摯に向き合う男の顔だった。

「私が考え、行っていた商いとは、以前お話した内容のとおりでありました」

竹蔵は西本寺に預けられた喜捨を大坂の石山本願寺へ運ぶ役割を受けた。竹蔵はその喜捨を担保に大森で銀を買い入れ、堺まで運んで売れば儲けが出る。その儲けから西本寺で受けた喜捨分を石山本願寺へ納めれば、その残りが竹蔵自身の儲けとなる仕組みである。この仕組みであれば竹蔵自身が持つ銭貨に加え、西本寺の喜捨分の銭貨も投資として使えるため、売買での利益が大きくなる利点がある。

「しかしこの際に西本寺から、いや浄土真宗側から、様々な条件が付けられたのです」

まず、商家で銀を買い入れる際に西本寺の寺人が同行したのだが、為替を発行する際に補償金として幾らかの額を引き去られた。さらに瀬戸内の関を通過する際、通行料として荷の銀の何分かを取り上げられた。元々、宗門への喜捨に対しては通行料を取らないという決まりがあり、浄土真宗に通じた船旗も掲げていたのだが、それが通じなかった。

「荷の銀は喜捨そのものではない、というのが関守の言い分でしたね」

話が違う、と叫んだが関を通過するたびに通行料を取られた。そして堺に着いた時、残った銀を銭に変えようとしたときには売買する店を指定された。その店では銀の取引価格が不当に低かった。

「銀は最終的に大陸に輸出されるのだから西に行くほど高価になる。したがって堺での価格は低い、というのが彼らの言い分でしたがそんな訳がありません。後に他店での銀取引を調べれば、それよりも高額で取り引きされていましたので」

この時点で銀を売った代金が西本寺で引き受けた喜捨の額を下回ることが明らかになった。そこで竹蔵は銀の値上げ交渉をするふりをしつつ隙を見て逃げ出した、ということだった。

「それはまた……」

吾平には竹蔵にかける言葉が見つからなかった。なるほどな、と寿禎は呟く。

「これは、竹蔵殿が浄土真宗に騙された、ということでしょうか」

竹蔵は苦虫を噛み潰したように顔を歪ませた。

「いや、そうとも限るまい」

寿禎は竹蔵を労わるように優しい声で語りだす。

「少なくとも、浄土真宗、寺社側が組織的に竹蔵殿を騙して銭を巻き上げた、という訳ではあるまい」

「組織的ではなく？」

「そうだ。推測には過ぎぬが彼らのやり口に一貫性がない。最初から騙す気であれば、どこかの時点で銀を全て巻き上げてしまえばいい。今回の竹蔵殿のように徐々に掠め取るように荷の銀を取り上げておいて、途中で気付かれて逃げられてしまえば彼らにとっても損だ。今回の被害者の一人は西本寺の喜捨を受け付ける予定であった本願寺の者だな。結局、びた一文、喜捨を受けられなかったのだから、さぞ驚いただろうな」

寿禎は柔らかく笑む。

「恐らくそれぞれの場で少しだけ得をしてやろう、と考えて狡い細工をした。それが積み重なって今回の竹蔵殿のような事態に陥ったのだろう。竹蔵殿が考えた商売は悪くなかったが、小者の浅はかな考えに足元を掬われた形になったな」

「いかにも、面目もありませぬ」

再び深く頭を垂れる竹蔵に、寿禎は続けて言葉をかける。

「ともかく、この件は神屋家で買い取った。これ以上、西本寺が口を挟むことはないだろう。そのために使った銭は今後、竹蔵殿の働きから返してもらうこととしよう」

あっ、と吾平は口を開いた。このことは寿禎が竹蔵を神屋家に雇い入れたと同義のことだ。

「お主の商売に対する柔軟な考え方、国境を越えて渡り歩く行動力。我は気に入っておる。お主が東国を歩き見聞きしてきた事、今後の神屋の商売に活かして貰いたい」

改めて神屋の店員を集め、神屋寿禎は竹蔵の商売の顛末を説明した。竹蔵に同情する者、蔑む者、浄土真宗のやり口に憤る者もあれば、商売の仕組みについて改めて考えふける者もいる。

「商売には失敗も付き物だ。この一件をもって臆病になり、新たな商売を始められぬようでは博多商人とは言えぬ。商人にとって情報は力だ。皆が持っている情報を整理し、知見を組み合わせ、一銭でも多くの儲けを得られるよう、皆には心得て貰いたい」

博多商人、神屋家の主人である神屋寿禎の言葉に、吾平は救われたような心持になった。ちらりと竹蔵の横顔をみやる。

「さて竹蔵の件はここまでとし、大森の状況や、我が行ってきた交渉の結果も皆に示して確認しておきたい」

寿禎の視線が吾平に発言を促すように動いた。真っ先に指名されたことと、寺社との交渉が停滞していることを思い出して、思わず頬が引き攣る。及び腰となりつつも、現状を報告する。

「まあ、竹蔵の件と本願寺の様子を聞けば、誰が交渉役であろうと無理であろうよ」

吾平の説明を耳にした、寿禎の一言目がそれであった。吾平はほっと胸を撫で下ろす。

「それよりも山師、銀吹き師と商人、そして佐毘売山神社との連携、組織づくりは上手く進んでいるではないか」

「はい。こちらは順調に。ただ、それもある意味、浄土真宗に因がありまして」

人が二人集まれば諍いは絶えない。それは寿禎の言葉であったが、そのとおりでいくら規則、法度を定めようとその隙間を縫うような諍いは絶えない。その裁定に地域の有力者が出張る訳だが、その裁定者として浄土真宗の住持が顔を出すようになってきた。これは銀山界隈に浄土真宗を信仰する人々が集まってきているためであろう。その時、浄土真宗の裁定者は真宗信徒に対して有利な判決を下すことがほとんどであった。そのため浄土真宗信徒とそれ以外の者の対立が深まりつつあり、浄土真宗宗徒以外の者の結束が強くなっていたのだ。

「経緯はともかく、これで銀山工房街の組織化は成ったのだから、これで満足するしかあるまい」

銀山山下の街並みの無秩序さを解決することは不可能だが、当面、それが銀山工房街へと押し寄せることは防げるはずだ。

「さて、それでは博多行きの成果であるが」

神屋寿禎はここ三箇月の間、一度博多湊へ戻り、その後山口の大内家に寄り、石見国の小笠原家へと訪れていた。

「銀山街の扱いについて、大内義興殿の了解を得ることができた。自治組織についても、運上金が減らねば問題ないとの仰だ。小笠原家が国人領主として運営に加わることも了承された。銀山の近くに新たに城を築き、小笠原の兵と大内家の代官を入れることとなった」

「それは朗報でございます」

この新たに築く城というのが、仙ノ山の隣に聳えることになる山吹城である。これまで銀鉱山を守るためには、矢滝城や三久須城などのやや離れた複数の城を守る必要があった。そこで仙ノ山のすぐ脇に守備の拠点となる城を普請することで、組織的な防御網を組み上げ効果的に守ることができる。また新たな城は初めから曲輪を大きくとり、多くの兵を駐屯させることも可能になる。大森銀山の安全は、神屋寿禎にとっても重要事である。

「先の尼子の侵入では工房街にこそ被害ありませんでしたが、街道は封鎖されるは焼け出される人々もあり、大変でしたから」

「守りが固くなれば、容易に銀山に手を出そうと思う領主はいなくなるであろう」

「さて、こうなれば自治都市の組織化については、山師、銀吹き師、吹屋、佐毘売山神社、小笠原家、そして我ら商人の同意は得られた。銀山工房街はこれで問題なく運営できるであろう」

神屋寿禎は満足げに頷く。

「山下の町の様子はどうか」

「銀山へ仕事と銭、食べ物を求めて集まる人々は引きも切りませぬ。領主どもの争いは続き、戦乱や重税を逃れて土地を離れ流浪する人々は増えております。大森に行きさえすれば何らかの仕事にありつけて食べ物を得られる、という噂は拡がるばかりです。しかし、銀山といえどもすぐに仕事が見つけられる訳ではありませぬ」

着の身着のまま、何ら財物を持たず放浪し、やっと大森へとたどり着く。しかし銀鉱山での仕事は簡単ではない。危険が伴う仕事であるし、技術も必要だ。簡単な仕事には既に人が殺到し溢れている。

「それらの人々は取りあえず寺社へ駆け込みます。寺社では彼ら困っている方々に対して炊き出しを行い、一時的に本堂を仮宿とするなどの救済を行っております。山下には浄土真宗の寺社が幾つかありますので結果として真宗の教義が広まっている、という状況です」

「西本寺では当面の生活費を貸し付けて仕事を紹介する、といったことも始めたようです」

　吾平は西本寺と聞いて、先に対峙した碓氷と名乗った僧を思い出す。その怜悧な印象は田舎寺社には似つかわしくない。整った容姿は上方から、総本山である石山本願寺から派遣された僧なのだろう。彼らのやり口は石山本願寺の方針と考えていいだろう。

「真宗信徒が大森の町に溢れるようになれば、町の運営は厳しさを増しましょう。今でさえ人で溢れ、無秩序に積まれた家屋が崩れそうだというのに」

「このままでは銀山全体が真宗の門前町となる可能性も捨てきれませぬ」

　場がざわざわと揺れる。心の内に沸き上がった不安が、ゆっくりと形を成していくように。だがその場を収めたのは、神屋寿禎の落ち着いた声音である。

「そこまで心配する必要はあるまい。大森の胆が銀鉱山であることは変わらぬ。そちらは山師を中心とした佐毘売山神社が押さえている」

　寿禎はゆっくりと見渡し、吾平と視線が交差すると一つ頷いた。

「さて、このような情勢であれば三島殿へもさぞ苦労をかけておろう。こちらの報告も含めて、改めて挨拶に伺う必要がありそうだな」

それから十数年が経過した。

大森銀山にはさらに多くの人々が集まり盛況を見せている。決して平穏な日々が続いた訳ではなかったが、間歩の入り口、掘り出す鉱石、吹き上げ銀、そして大森へ運び込まれる米俵も年をおって数量を増している。そしてその銀山の富を手に入れるために大内と尼子の戦いが激しくなっていた。しかし神屋寿禎の目論見どおり、戦はあくまでも山吹城を中心とした城郭群で行われており、仙ノ山の工房街や大森の町へ戦が波及することはなかった。大森の人々は己の仕事に専念し、銀を採掘し続けることができた。

今の山吹城の主は尼子である。尼子は大森銀山を手に入れるため大軍を石見国へ派遣し、その勢いに大内は抗しきれなかった。山吹城を守る小笠原家は尼子に鞍替えすることで大森銀山への支配を続けていた。銀山で日々を営む人々は続く日々の平穏に胸を撫で下ろしたが、これで大内が銀山を諦めることは考えられない。戦乱の時代、石見での戦はまだまだ続くだろう。

石見国はその名のとおり、船に乗り海上から見れば岩ばかりが海岸線に続く国柄であるが、大森の西、馬路から温泉津へと続く場所はリアス海岸が続き、船着き場として利用できる湾が数多く存在する。その中で鞆ケ浦は最も東にあることから尼子家はこの場所を重用し、船着き場の整備と銀山へと続く街道の整備を行っていた。

「なかなか歩き易いし木陰もある。良い街道ができたものだ」

銀山街道を歩きながら独り言ちる吾平の姿があった。吾平は今や神屋家の名代として大森の店を任されるまでになっている。この地で嫁をとり、既に子供までもうけていた。

「こうして湊や街道を整えてくれるのは有り難いが」

その日、吾平は神屋家で仕入れた銀を博多へと送る荷を確認するため、鞆ケ浦へと向かっていた。尼子家は大森銀山を掌握した後、大森との流通を把握するために輸送に使う街道と湊とを制限した。それがこの銀山街道と鞆ケ浦である。吾平の他に街道を行く人は多い。皆が柳行李などの荷を背負い、また荷を載せた牛を連れている。街道とはいえ、山がちな石見国でのこともあり坂道が多い。さらに道も細く、路面も単に地面を突き固めただけのものであり、雨が降ると難儀することもある。

「尼子はちと欲張りすぎなところがあるな」

尼子が街道を整備したのは大森銀山を出入りする荷を全て把握することで、これに税を掛けるためである。銀山経営についてはそれまでどおり山師の三島家や神屋家をはじめとする商家らが組織する年寄衆が続けて経営することを認めた。その代わり、博多へ運ぶ吹上銀や、大森に入る米や味噌といった食料品に大内よりも多めの税を取り立てている。さらに街道と湊の整備に尼子は資金を出したが、実際には神屋家のような商家や寺社、銀山の年寄衆へも供出を強制されていた。銀山内の土地家屋には新たに地子税がかけられ始めていた。

「まあ、おかげで浄土真宗との交渉はやりやすくなったがな」

尼子の締め付けは大森の町にも、そして浄土真宗などの寺社にも及んでいた。それゆえ元大内方の鉱山年寄衆、全国に信徒を持つ浄土真宗、そして尼子とで三竦み状態となり互いに己の主張のみを声高に叫べる状況ではなくなった。あれから幾度も西本寺の碓氷と話をする機会があった。もっとも会話というよりはほとんど口論であったが、次第に険も薄れてきたような気がする。

少し汗ばむ程度の心地良い疲労感とともに鞆ケ浦へと到着する。ここも山肌が両側に迫るような谷間ではあるが、その先からは潮の香が漂ってくる。岸壁には多くの船が括り付けられており、今も人足達が荷の積み下ろしをしている。その様子眺めながら神屋家が所有している船小屋へと足を向けた。

「おや、あれは」

その時、見覚えのある人影を見つけた。その人物は、武人らしき男と二人で話している。

「あれは竹蔵殿。それにもう一人の男は、尼子家の将ではないか」

尼子は大森銀山を手にしたおり、銀山街道と山陰道の交差地点近くにある温泉城の強化を図っている。ここに尼子の家臣である湯惟宗（ゆこれむね）を入れて銀山と湊とを守らせていた。湯惟宗は雲州玉造湯荘の出自であり、独自の警固衆（けごしゅう）（水軍）を持っている。鞆ケ浦の湊と船を守るには水軍の配置は必須であるためだ。

「尼子の将と、一体何を話しておるのだ」

西本寺の一件以来、神屋家に身を寄せることとなった竹蔵だ。とはいえ神屋寿禎は彼に具体的な仕事を命じなかった。寿禎は竹蔵の商才を買っていたのだから、寿禎が立て替えた竹蔵の借入金を返せるよう、自由に商売をさせているのだと思っていた。

「こんなところに金策でもあるのだろうか」

物陰に隠れてしばらく様子を見ていると、湯惟宗とは別れ、続いて人足の元締めらしき男へと、さらには小舟の船頭へと、様々な人へと声を掛けてている。そしてその度に、帳面になにやら書き付けているようだ。やがて一息つくように手ごろな岩場に座り込んだところで声をかけた。

「竹蔵殿ではありませぬか。精がでますな」

「ああ、吾平殿」

そこからは湊を出立する船の姿がよく見えた。沖にはさらに大きな帆を上げた船も見える。鞆ケ浦は風除けの良湊ではあるが、千石積みの大船が入港するにはやや手狭で難がある。大船には小舟で往復して荷を積み下ろしするのだ。

「熱心に、何をなされていましたか。また面白い金儲けでも思いつかれたので？」

吾平の問いかけに、竹蔵は一瞬呆けたように口を開き、そして頬を掻きながら恥ずかしそうに俯いた。

「どう、なされました」

いや、と一度口ごもってから竹蔵は言葉を続けた。

「そうですな。吾平殿とは妙な付き合いですから、そう思われていても仕方ありませんな」

竹蔵は腰袋から帳面を取り出して吾平へと示す。

「私は大森と鞆ケ浦で成されている銀に関わる種々の約定について調べていたのですよ」

「約定、ですか」

吾平は受け取った帳面を捲ってみる。そこに記されている約定とは、誰と誰が何の仕事をどれだけの金で請け負ったのか、坑道から銀の取れ高が変われば掘子や手子への給金がどう変わるか、坑道で怪我をした時の保障はどうか、銀吹き師はどの坑道から出た鏈を幾らで買い取っているか、それは前渡しか出来高か。船に銀を載せた場合と米俵を載せた場合の賃金の違い。湊の関で尼子が徴収する税の基準や計り方。そういった情報がびっしりと書きこまれている。こういった契約内容は山師ごと、商家ごとに異なる。それぞれの坑道からどれだけの銀が産出するか分からない。山師は坑道を掘る権利を買い入れるのだから、収益を上げるためには出来るだけ経費は安くあげたい。例えば掘子への給金は安く抑えたいが、それでは人が集まらない。だから待遇を良くしたり、生活を保障したり、給金の前渡しを認めたりする。まだ銀山経営は始まったばかりであるから、それらの約定は山師毎に異なっており混沌としている。

「それを全て調べあげるのですか」

吾平は驚いて声を上げた。これは地道な作業だ。これほど厚い帳面になっても、まだ全体の半分も調べられていないだろう。そしてこれがどう金儲けに繋がるのかが、全く見えてこない。吾平の驚いた顔に、竹蔵は苦笑する。

「だから吾平殿には見つかりたくなかったのですよ」

「……どういうことで」

「吾平殿には私は銭の亡者に見えていたことでしょう。金を儲けることばかり二六時中頭を悩ませている、と」

いいえ、と応えようとしたが、これは声にはならなかった。

「寿禎殿に助けられた一件、これは身に沁みました。銭を求め続けることは、いつか銭で身を亡ぼす」

竹蔵は空を見上げた。雲一つない青空だ。

「私が銀山での約定を調べているのは寿禎様のためですよ」

「旦那様のため、ですか」

「そう。寿禎様の夢、大森の銀山を自治都市とするには、その顔役が種々の諍いを正しく裁定していく必要があります。その時に、このような約定の実態を把握しているか、していないかで問題への対処は難しくも容易くもなります」

先に吾平が西本寺の碓氷と対峙した時に、碓氷の主張を跳ね返すことができなかったのは、西本寺と竹蔵とで交わされた約定の詳細が分からなかったからだ。その反面、寿禎は相手の持つ証書を素早く確認し、有事を想定して銭を準備していたため、すぐさま対応ができた。

「それを事前に調べておけば諍いは素早く平穏に治まる。それを続けることで銀山の人々の信頼を勝ち得、そして自治都市としての形も整っていく。私はそのための手助けをしたいのですよ」

しかし、と吾平は首をかしげる。

「しかし、それは重要なこととは思いますが……。これがどう金儲けに繋がるのですか？　竹蔵殿は旦那様へ恩を返すために、借りた金を返そうと商売を続けているのだとばかり、思うておりましたが」

「だから、吾平殿には見つかりたくなかったのですよ」

竹蔵は真っすぐに吾平を見据える。

「私は旦那様に恩を返したい。銭を肩代わりしてもらった旦那様のために働きたい。だから銭を返さなければ、いつまでも旦那様のために働くことができる。そういうことなのですよ」

「あっ」

吾平は自分の身に雷が落ちたほどの衝撃を受けた。

「あの頃の私は一人、行商人として身を立てるために寝食も忘れて働きづめ、一文でも、二文でも、多くの銭を集めるために頭を悩ませ、国を跨いで奔走していたのです。人を騙すような取引も、一度や二度ではありませんでした」

竹蔵は苦く笑う。

「あの頃の私は病にでもかかっていたのでしょう。そう『銭之病』とでもいうべきでしょうか」

「……銭之病、ですか」

「旦那様のおかげで、その病は私の中から消えました。今の心の平穏は、旦那様から頂いたものです。だから、旦那様の夢に協力したい。銀山を自治都市として、皆で利を分け合い争いをなくすという夢。私もそれを見てみたい」

目の前の竹蔵は、吾平が知っている竹蔵ではなかった。どちらも自らの夢を目指していることに変わりはないが、落ちた銭を残らず拾い集めるがごとく鋭く周囲に巡らす視線と、遠く大きな未来を見上げる視線と。

「そう、だったのですか」


付き物が落ちたかのような竹蔵の笑顔。吾平も同じ夢を見たいと、そう思った。

湊の喧騒は、山間に響き渡るようである。また新たな船が湊へと入ってくる。岸壁では荷を待ちかねるように人々が集まっていた。いつしか風向きが変わり、沖に停泊していた船の姿はなくなっている。たしか博多へ向かう船だったはずだ。大森で採れた銀は、博多を経由して大陸へと運ばれているという。その一角に吾平がおり、竹蔵がいて、大森の鉱山と町に、そして鞆ケ浦の湊で働く人々がいる。これからも銀山には人が増え、銀の生産はますます活況を呈することになるだろう。その中で人々の諍い、妬み、欲望は渦巻き、種々の争いを目にすることになる。その時、人々がその先に何を見るかで、争いのその先へ互いに手をとって進むことができるのではないだろうか。

「さあ、こうしていつまでも油を売っている訳にはいきませんな。寿禎様の夢のためにも、もうひと働きしますか」

言って、竹蔵は帳面を腰袋に入れながら立ち上がる。そうですね、と応えて吾平も立ち上がる。

「ああ、そうそう。油を売ると言えば、新しく仕入れた油は煙が少なく坑道内で使いやすいと評判でしたな。もっと使いたいという掘子や山師もありましたが、いかんせん品質の良いものは値段も高い。確か川下村で採れる荏胡麻油だったはず。ここは一つ吾平殿、彼らに投資して生産を促してみませぬか。大きな利益が見込めますぞ」

「……竹蔵殿。いや、まあ、いいですが」

「ははっ、病は治っても商人であることは些かも変わらぬ。吾平殿もそうであろう」

竹蔵の笑い声に、吾平は肩を落とす。吾平は竹蔵に続いて立ち上がると人と荷と、歓声で溢れる岸壁に向けて歩き出した。

戦国時代の経済活動と大森銀山

一般に、中世封建世界は国中に小領主が乱立しているため、広域な経済活動は阻害されており、貧しい時期であったと思われています。

日本の中世封建制度を簡単にいえば、鎌倉幕府以来の武士による農園（荘園）管理であり、全国に小規模に分割された領土をそれぞれが一所懸命に守っている、というものです。武士自体も常日頃は農作業に勤しみ、事あれば槍を手に鎧を着こんで戦場へ向かうというものでした。その後、室町時代になると銭による年貢払いが主流となり、次第に貨幣経済が広まっていき、戦国時代に突入すると自国を守るために、他国へ攻め込むために、各領主が富国強兵に取り組んだことにより経済活動は活発になります。それは農業生産に力を入れて人（兵）を増やすだけでは戦争に勝つことはできず、大規模な騎馬隊や弓、槍、刀、鎧といった武具、そして新兵器である鉄砲を買い入れなければ、戦争に勝てなくなりました。戦争は相対的なものですから、周囲の国が軍備を整えれば、自国も軍備に力を入れなければなりません。こうして互いに競争し合うことで、経済が発達していくことになりました。

織田信長の功績の一つに「城下町を整えた」というものがあります。信長は幾度も居城を移し、その度に家臣や職人、商人らを城下に集めました。それが現在に続く城下町の始まりと言われています。ということは信長以前に城下町はなく、「戦国時代の町は何処にあったのか？」「人々は何処で買い物していたの？」という疑問がわいてきます。

よく行われていたのは、毎月決まった日に人々が集まって市を開くという方法があります。現在でも〇日市（〇は数字が入ります）という地名が残っていますが、これらはその日に市が立っていた名残です。

常設の市としては、京の都、堺や博多といった都市には常に人が集まりますので、常に市が立っていたでしょう。その他には常設市はないのでしょうか。

一つは門前市（門前町）になります。有名な寺社には常に参詣者が集まりますので、その門前には常に市が立ち、売買が可能です。また、寺社には寄付で集めた金銭や大陸で得た知識があることから、金融業（金貸し）や酒造りといった経済活動を行っていました。職人が集まり座を結成して寺社との取引も行っていました。一般の人々（百姓ら）は日常の中で門前町に足しげく通い、生活に必要な物の売買を行っていたのです。

そしてもう一つ、鉱山も規模が大きくなると常に大勢の人が働いていますので、当然市が立つはずです。そう、シルバーラッシュの大森銀山にも常設の市が立って繁栄していたのではないでしょうか。

人が集まれば種々のトラブルが発生しますので、これを取り仕切る者が必要になります。例えば商店や露店を出す場所だけでも、相当の問題が発生しそうです。門前町では寺社が、堺や博多などの自由都市では商人が集まった会合衆や年寄衆が仕切っていました。京の都では将軍家（もしくはその代理、町人組織など）が担っていたのではないのでしょうか。それでは大森銀山では誰が市を取り仕切っていたのでしょう？　これもまた明確な記録がありません。

普通に考えれば、大森銀山再発見の立役者である、神屋寿禎や三島清右衛門の名前が挙がってきそうなのですが、江戸時代直前に大久保長安が銀山奉行として派遣された頃の資料には、三島や神屋の名前がでてきません。

また「銀山百ケ寺」と呼ばれるほど、大森には多くの寺社が立ち並んでいました。石見地方は浄土真宗の寺が多いのですが、やはり大森にも多くの浄土真宗の寺があったようです。しかもこのシルバーラッシュの時期に、他宗派から浄土真宗へと改宗している寺も見受けられます。その理由は不明なのですが、ともかく現代よりも人々の生活に密着していた当時の寺社が、大森の町に及ぼしている影響は小さくないと思います。

そうなってくると平穏に大森銀山（の市）を取り仕切ることができるのは、商人か山師（鉱山関係者）、職人（座）、寺社か、それとも大名などの国人領主となるでしょうか。

戦国時代の最終盤、毛利輝元と豊臣秀吉が共同管理していた頃であれば、秀吉の力が強そうだなとも思えますが。

やはり、まだまだ大森銀山には分からない謎が多くあります。

佐毘売山神社本殿。祭神は鉱山の守り神である『金山彦神』で地元では「山神さん」と呼ばれ親しまれている

現在の西本寺。山門は江戸初期の特徴を備えているが、昭和36年に曹洞宗龍昌寺から移築されたもの

撰銭令

織田信長　本能寺対談

「織田様におかれましては何かお困りの事、ございませんでしょうか」

元亀元年（一五七〇）、本能寺。

その一角に設えられた茶室で二人の男が向かい合って座っていた。とはいえ彼らは茶会を愉しんでいる訳ではなかった。その証左に茶道具どころか、囲炉裏に火も入っていない。

「ふむ。儂が困っていると、お主は言うのか」

含み笑いを隠そうともせずに応えるのは、壮年の男。中背で体格は薄く、身体的な威圧感はない。それでも視線の鋭さは、さすがに尾張、美濃、伊勢半国を治め第十五代将軍足利義昭を奉じて京の都へと上洛した大名の威厳がある。織田信長、その人である。

「お主は一介の商人ではないか。それが数国を統べる儂が困っておれば、その手助けができると。そう言うのだな」

口元は笑みを浮かべ、それでも細く絞られた目は笑っていない。だが、相対する青年はその視線を受けても微動だにしなかった。

「もちろんでございます。私は商人でありますので御用聞きは欠かせません。故に、困り事はないか、とお尋ねしたまででございます」

ふむ、と織田信長は目の前に座る青年を値踏みするように眺める。まだ若い。その割に天下人とも呼ばれる我と、物怖じせずに対するとは胆が据わっている。確か、博多商人の神屋貞清と名乗ったか。

「御用商人であれば既に間に合うておる。用があれば、其奴らを呼び寄せるだけのこと。そも押し売りなれば、お主は何か儂の興味をそそるものを持ち合わせておるのだろうな」

面白い男だとは思うが、それと交渉とは話が別だ。まだ、青年が隠している札が見えない。

「これはこれは、失礼をいたしました。西国までご高名が伝わっておりますす織田様のお姿を目の前にして、私も少しばかり気が急いておるようです。まずはこちらをお納めくださいし」

神屋貞清の後ろにはいくつかの三宝が用意してある。貞清はその一つを手前に引き出し、懐から懐紙を取り出して広げるとその上に小さな塊を置いた。それを三宝ごと信長へと差し出す。

「ふむ、銀だな」

信長は面白くもなさそうに、扇子の先で銀色の塊を突く。

「石州は大森から銀が採れるという。当然のこと、博多商人なれば石見銀の扱いもあろう」

「さすがは織田様。石見銀は私の曽祖父が大陸の新しき技術を導入し、再び産出を始めたものなのでございます。今、大森の銀山は多くの人々が集まり京や堺の如く活況を呈しておりまする」

「ほほう。祖先を敬いその事績を広めるとは孝行だの。だが、たったそれだけの銀がどうだというのだ」

銀は高価な貴金属ではあるが、三宝に置かれた銀塊は握りこぶし程の不定形な円盤である。いわゆる吹き上げ銀。三国を経営し、六万という大軍を京へ送り込むだけの力を有する織田信長にとってはさして興味を引くものではない。

「続いてはこちらを」

神屋貞清は再び三宝を引き寄せると懐紙を広げた。そこに置いたのはまたもや銀色の塊である。しかし、先程よりは形が整っている。少し歪な台形。

「こちらは明で使われております銀銭、馬蹄銀でございます。この頃、大陸に近い九州諸国では、決済手段として銅銭よりも馬蹄銀を用いることが多くなっております」

「ふむ」

此奴が来たのは大陸との貿易利権のためか、と信長は表情を変えぬまま内心で笑う。ここ、本能寺を宿としたかいがあった、と。

京都、本能寺は法華宗本門流の大本山である。そしてその法華宗の末寺が種子島にある。本源寺といい、種子島における法華宗の活動拠点ともいえる寺だ。種子島といえば鉄砲伝来の地として知られ、現在は鉄砲の一大生産拠点となっている。したがって本能寺は種子島を介して最新兵器である鉄砲生産、そして南蛮人との交易に関与できる拠点として重要であった。そして種子島との関りの深い日本人とは、博多商人である。

信長は前年、京から三好三人衆を追い払い、堺に矢銭と服属を要求している。堺の会合衆は一度は要求を撥ね付けたものの、最終的には信長に屈服した。織田家からは堺政所として松井友閑が派遣され、堺の商業活動は織田家の監視のもとに入ったと言ってよい。これからの合戦は鉄砲が主になることを早くから予見していた信長は、鉄砲の生産地と硝石や鉛といった海外からの物流網の確保が必要と感じていた。それゆえ堺の支配を急いだが、海外との交易を行っているのは堺商人のみではない。博多商人は西方の地の利を得ており、古来から海外交易の中心となっている。

「つまり海外との交易を博多商人に任せろ、と。そういうことか」

堺商人と博多商人。それぞれが海外の商人と結びつき、それぞれが日本国内の諸勢力、戦国大名らと結びついている。海外貿易については一見、西方に拠点を持つ博多商人との友誼を持つのが有利に思えるが、彼らには西国大名の影響が大きすぎる。

信長の言葉には応えず、神屋貞清は続いて懐に手をしのばせる。

「続いてはこちらを」

三宝に載せられているのはまたもや銀である。しかし形状は大振りで譲葉（ゆずりは）を模したものである。

「丁銀か。これは石見銀を使用したものか」

「はい、これは石見銀山で取れた銀を毛利家のもとで鋳造した丁銀、いわゆる石州丁銀でございます」

つづいてこちらを、と言って神屋貞清はさらに三宝を押し出す。

「これも丁銀ではないか。だが見た目が異なるな」

「はい、こちらは博多銀と呼ばれているものです。博多の地で吹かれたもの。銀の含有量が異なるため色合いが異なります」

言って、貞清はさらに三宝へと手を伸ばす。続いて載せられたものは鈍い金色を放つ銭である。

「これは見たことがある。甲州金だな。甲斐の武田家が使っておる。だが、これは何だ」

三宝には二種類の金貨が載せられていた。

「こちらは越座金と呼ばれています。越後は上杉氏が鋳造したものであります」

武田信玄の金山開発は有名である。甲州金山を手中にし積極的に開発していたため、武田の領国では通貨として金が使われていた。それと同様に越後国にも金山はあり、上杉謙信も金貨を発行していたのだ。

信長と貞清の間には種々の貨幣が並べられている。

「なるほど、お主の言いたいことが分かってきたぞ」

様々な色合いと形の異なる貨幣が並び、その光景に信長は密やかに笑む。それはまるで今の日本国を俯瞰するようでもある。

戦国の世、それぞれの領主は富国強兵として経済活動、金銀山の開発に限らず新田開拓や瀬戸物や麻といった特産物の開発にいそしんでいる。その取引の際に貨幣は用いられるのだが、長く貨幣として使われていた永楽銭は擦り減り、その絶対量が不足している。そのため各領主が独自の通貨を発行して利用している状況である。だが、このことは大きな問題を生み出している。それぞれの領主が異なる貨幣を使うことで、国を跨いだ取引を難しくしているのだ。例えば、甲州金を用いている武田の領土では銅銭での支払いを認めておらず、多くは寺社の賽銭箱に投げ入れられるという。鐚銭の扱いが国によって異なるのも、先に見たとおりである。そして海外との交易では銀が用いられる。

「織田様につきましては、昨年、撰銭令（えりぜにれい）を発布されておられましたな」

静かに発した言葉を耳にして、信長は眉をひそめた。

「なかなかに痛いところを突いてきおるな」

信長は目の前の青年をあらためて見直した。

永禄十二年（一五六九）三月。上洛した織田信長は天王寺境内にて撰銭令を発した。

その主な内容は次のとおりである。

一つ、十種の銭貨（銅銭）を三区分しそれぞれの換算値を示す。無文銭の使用を認める。

一つ、金、銀、銅銭（永楽銭）の交換比率を定める。金一両は銅銭千枚。

一つ、米による商取引の禁止。

一つ、生糸・薬・緞子（どんす）・茶碗などの高額取引に金銀の使用を公認。

一つ、「名物狩り」の決済に金銀を用いて金銀を貨幣としての流通を促進する。

織田家の大軍が入京した際、一つの問題が起こった。それは織田軍の兵が京の商人から物資を購入しようとした際、持っていた銭の受け取りを断られたことである。

織田軍の兵は兵農分離による戦の専門集団である。かつての大名、地方領主が率いる兵は農民兵であり、彼らは何も持っておらず他国へ侵入した際には略奪、強奪が当たり前であった。その点、軍規を正し略奪を禁じた織田軍は京の人々から諸手を挙げて歓迎された。そして兵農分離された織田軍の兵は、いわば銭によって雇われた傭兵と変わりがない。織田軍六万の兵の入京とは、銭を手にした消費者六万人が京を訪れたことと同義であった。京の人々は略奪を恐れて家財道具をまとめて疎開するのではなく、商家の戸口を大きく開き、市場には品物を並べ、織田家の兵を待ちわびた。その活況の中で起こったのが、銭の受け取り拒否である。

この時代の貨幣経済は領国で異なっており、全国的な流通は混乱をきたしている。特に東国では銭貨が不足していることから、京や西国では使われていない鐚銭が当たり前のように使われていた。織田家の兵は、領国では当たり前に使っていた銭を京の商店で差し出したところ、鐚銭扱いされ買い物を拒否されたのだ。

この事態にいくつかの対応が考えられる。一つは京でも使える銭貨を織田軍の兵達に給与として支払う事。これは、織田家の領国の貨幣制度を京の制度に合わせる、ということになる。しかし、そのためには上質な銭を大量に確保する必要があり、今の織田家には不可能である。そこで信長が採った手法は、これとは反対に京の貨幣制度を織田家の貨幣流通に合わせるという方法である。これが信長が発した撰銭令の意味である。撰銭令の一項目に、十種銭貨の換算値を示し、無文銭の使用を認める、とある。つまり東国で使われている鐚銭も、価値は低くするが銭として扱ってほしい、ということだ。

だが、この撰銭令も結果的には失敗であった。撰銭令を発した後、京の都では銭よりも米による決済が増加するという現象が起きていた。撰銭令で米での決済を禁止したにも関わらず、だ。京の人々は東国の鐚銭よりも米の方が安心できる、と考えたのだろう。米は食料として多くの人々が求めるものであるから、その価値が比較的安定している。

「つまるところ儂は領内の貨幣流通に困っている。お前はそれを解決できる、と言いたいのか。だが……」

「さすがは聡明な織田様。すでに我らの困り事にまで気付いておられますな」

言って、貞清は一枚の譲葉型の銀を手に取る。

「現在、石見銀山は毛利家の支配下にあります。それゆえ毛利家と我が神屋家は懇意の仲。ゆえに、この石州丁銀は毛利家の下で我ら神屋家が鋳造しております。大森銀山から生み出される銀が膨大なれば日本国内の貨幣の統一、この石州丁銀で成すことが可能ではないか、と。しかし、それは極めて難しい。そう父も申しております」

信長は顎をしゃくって続きを促す。

「銀は高価ゆえに、決済は銀の量に基づいています。銀の量とはすなわち含有率と重量であります」

銀の含有率は銀吹屋の技術によって異なる。したがって丁銀の品質、すなわち今取引を行おうとしている丁銀の銀含有量を前もって知っていなければ、そもそも丁銀での取引に応じることができない。さらに丁銀の大きさでは高価すぎるため、これを切り分けながら決済を行っているのが実態である。大陸で使われている馬蹄銀に様々な異なる大きさのものがあるのは、その重量を量って取引をするためであるし、その際に積み上げ易いように歪な台形となっている。

「この様な状況では、銅銭と比べて簡易な決済手段とは言えませぬ。これが銀が決済手段として市中で用いられない理由であります。この状況を改め簡易な決済手段として銀を流通させるためには、銀を元にした銭が必要です」

貞清は丁銀を置いて懐から銅銭、永楽銭を取り出す。

「このように一枚が一文として通用する通貨、これを銀を用いて造る必要があります」

「なれば造ればいいではないか。お主らの手には銀山がある。さらには毛利家の後ろ盾がある。それ以上、何が必要という」

信長は貞清の考えを分かって言っている。その口元が笑っていた。

「毛利家はあてに出来ませぬ」

貞清は首を振る。

「貨幣を用いた取引は、その銭に対する信頼が必要です。自分が一枚一文で使うのであるから、他人も同じ銭を一文として扱ってくれるはずだ。それが信じられなくなった時、貨幣流通は崩壊します。鐚銭は当然の事、丁銀の取引も一々量を量って支払いに使うなど、信頼が得られている訳ではないのです」

吹屋によって丁銀の品質が異なるため、銀含有率と切り分けた量を計算して丁銀に含まれている純銀の分量を計算して取引を行っている。これでは手間がかかる上に、太古の物々交換と変わりがない。

「銭の信頼とは言ってみれば統治者への信頼です。かつて、この銅銭を年貢支払いの手段として認めたのは、朝廷であり、後の室町幕府でありました。彼らが銭一枚を一文として年貢として受け取ること、その信頼があるからこそ全ての銭は一文の値打ちがありました」

実際のところ銅銭一枚に含まれる鉱物としての銅の価値は一文より少ない。だからこそ、私鋳銭（銅銭の偽造）に手を出す者がいるのだ。日本国内には大陸ほどの鋳造技術はなかったことは、幸いと言うべきか不幸と言うべきか。そのため、銅銭は大陸との交易で入手されるものであるから、室町幕府が認可していた朱印船貿易とは、結局のところ幕府が銅銭の発行者であるということと同義である。銅銭の価値は、幕府への信頼があってのことだ。

「石州丁銀を流通させている毛利家は、その意味で信頼されておりませぬ」

「中国路十箇国を有する大領主が信頼されておらぬというのか」

現在の織田家の支配領国は三箇国に過ぎない。

「信頼されていないというよりも、この意味で信頼を得ようとする考えが、もともと毛利家にはありませぬ。領主の元就殿は朝廷や幕府への寄進を進んで行い、寺社への配慮も欠かしておりませぬ」

貞清の言葉に、信長は眉を僅かに動かした。

「寺社への配慮、か」

織田家も朝廷や幕府への支援を行っている。しかも永禄年間には京を追い出されていた将軍、足利義昭を擁立して京への復権を手助けしている。将軍の権威を利用して領国拡大や統治を目指すという目論見は、織田家も毛利家も変わりがない。しかし、織田信長の寺社への対応は毛利家とは完全に異なる。

「私が織田様へお願いしたいこと、そして私どもが困っていることとは、まさにそれなのです」

戦乱の時代。大きな勢力を有する大名であっても、明日の自分の命さえ失うかもしれないという不安な時代である。その不安を和らげるために神仏に縋(すが)るのは、百姓、町民だけではなく、戦場を往来する武士や領主も変わらない。領主は菩提寺を定め、祖先の霊を祀り感謝し我が身の無事を祈る。

だが、織田信長は常人とは異なる。父の葬儀の際に抹香を投げつけたといううつけの逸話は有名である。実際には信長も熱田神宮を深く信仰してはいるが、神仏に過度に頼らないという思考は現実に戦略となって軍兵を動かしている。

「比叡山の事を言うておるのか」

この頃より織田信長は寺社勢力との敵対関係を強めていた。前年、織田信長は家臣の森可成(よしなり)に命じて比叡山と大津とを繋ぐ二本の街道を封鎖させている。

比叡山は京都から琵琶湖へ抜ける要衝に位置し、街道に関を築いて通行料を取り立てていた。先には、浅井、朝倉の兵を山中に引き込み、織田軍と対峙したこともある。宗教という枠組みでは収まらず、領主、戦国大名と同程度の影響力を近畿に、いや全国に及ぼしている。岐阜を拠点として京にある将軍、足利義昭を援助するという信長の戦略にとっては放置できない勢力である。街道の封鎖は、比叡山の活動を制限し収入の一つを削ぐという意味合いもある。

「比叡山に限りませせぬ。五山、石山本願寺などは己が宗派の拡大のみを考え、人と物を差配し、政治や金のことに口を出しております。もちろん、人々の心の安寧を得るためには多少の財は必要でしょう。しかし今の寺社の度は過ぎており、国にとって、いえ人々にとっても害悪であります」

寺社は幕府や国人領主から寄進された荘園を数多く所有し、当然、寺社は不入の地であり税を払っていない。また寺社は交通の要衝に建てられることが多く、勝手に街道に関を造り通行料を徴収している。また比叡山などは過去には京の町中に僧兵を派遣して強訴（ごうそ）を繰り返し、朝廷、幕府にも自宗派に有利な要求を呑ませている。それでいて神仏の加護を御旗に掲げれば、これに真っ向から反対できる者はほとんどいない。数少ない寺社勢力と真っ向から争える者、それは他の寺社勢力に他ならない。すなわち宗教戦争だ。信長入洛前、天文五年（一五三六）に起きた天文法華（てんぶんほっけ）の乱は天台宗の延暦寺が京都市内にあった日蓮宗の全ての寺を焼き討ちし、信徒を虐殺したという事件である。京都は、この宗教戦争によって荒れ果てていた。

そこに織田信長は戦国大名として争いに加わった。この年の末には、この後十年にも及ぶ石山本願寺との闘争を開始し、翌元亀二年（一五七一）四月には悪名高い比叡山焼き討ちを決行することとなる。

「その言葉、お主の父にも申したのか」

「はい。机上の論に過ぎぬ。若さゆえの暴論だと、叱り付けられました」

「その話を、なぜ儂にする」

信長は目を細めて睨みつけた。新参の家臣であれば、震え上がるほどの鋭い視線だ。

「織田信長様は私と同じ考えを持っておられる、と。そう推察いたしましたので」

貞清は信長の視線を受けながら、真っ向に言葉を返した。その姿に揺るぎはない。

しばしの沈黙が茶室に満ち、そして小さな笑い声が響いた。

「ふっ……ふふっ」

その笑い声はやがて大きくなり、部屋全体を震わせた。

「ははは
っ、面白い。面白い奴だ、お主はな」

仰け反るようにして笑い、そして急に声は止む。鋭い視線が貞清を射る。

「お主は儂の事を計るために来たのか。この信長のことをな」

「その一面もございますが、それだけではありませぬ。織田様には我らの事を知っておいて頂きたいと考えてのことであります」

「お主らのこととは何ぞ」

「敵の敵は味方と申しましょう。我ら博多商人においても寺社の扱いには手を焼いております。寺社もまた独自の経済活動を行い、各地の国人領主と同じく独自の制度を築き、経済を混乱させております。これを打ち砕くには、新しき仕組みを創り出す何かが必要なのです。その何かがあると感じたのが織田様なのです」

貞清は懐に手を伸ばすと小さな輝きを取り出した。おもむろに、それを床に置く。

「ほう、それはエスクード金貨だな。南蛮人どもが使っておる」

信長の南蛮かぶれは有名である。一目でそれを判じた。

「さすがは織田様。だからこそ、この新しき仕組み、新しき世界を創るのは織田様においで他にないと、そう思うておりまする」

貞清は改めて姿勢を正して平伏した。

「私は、そんな織田様に力添えしたいと考えておりまする」

再び茶室に沈黙が落ちた。張り詰めた空気が澱のように重く沈んでいく。

「なるほどな」

面を上げよ、と言って二人の視線が交錯した。その視線の奥底に、確固たる信念を見定める。それでも、しばしの間を取って互いに睨みあった。その度胸に、先に口元が緩んだのは信長であった。

「しかし実のところ、互いに出来ることは何もない。そうではないか」

この時点で、織田家はようやく畿内に勢力を伸ばしかけている程度である。堺に代官を置き支配下に収めたとはいえ、畿内は将軍足利義昭とその臣下が治めている。神屋家は海外貿易まで行っている博多商人であるがゆえに、競争相手ともいえる堺への進出は無理筋だ。現状では物理的な接点が、互いにない。

「はい。そのとおりでございます。今は、でありますが」

「ふっふっふっ。そうか、今は、な」

僅かな笑いが唇の端から漏れた。

今は無理だ。まだ力が足りていない。しかし目の前の男は、織田信長という人物が将来、将軍の権威を超え、争う領主たちを配下に収め、寺社勢力の結束を破り、国中全ての人々からの信頼を勝ち得るのだと、そう信じているというのだ。そうでなければ銭の話など持ち出す必要がない。

「新たな銭をこの信長が、な」

毛利家を滅ぼすか家臣に加えれば、大森銀山が手に入る。そうすれば神屋家を使って銀から銭を鋳造し、新たな経済の仕組みを造り出すことが可能になる。その仕組みを遍(あまね)く全国へ広げること、それこそが天下統一に必要な事業であろう。そのための準備を、今から考えておかねばならない。

「良かろう。博多商人は神屋貞清のこと、儂の記憶にとどめておこう」

「ははっ」

織田信長の言葉に、再び神屋貞清は頭を下げた。

「そうそう、織田様におかれましてはご覧頂きたいものがありまして」

言って、神屋貞清は部屋の外に声をかける。やや緊張した返事に続き、廊下に控えるように木箱を差し出したのは、寺の小坊主である。貞清はそれを引き寄せて、目の前に置くとゆっくりと蓋を開けた。

「本日のよき出会いを記しまして、こちらを贈呈したく存じます」

両手で支えるようにして出てきたのは大振りな茶器であった。唐代の技巧が使われた、優美な器である。

「こちらは先日、大陸より仕入れました一品であります。どうか、お納めいただければ幸いでございます」

信長はその様子を見て眉を顰めた。信長の無類の茶器好きは有名であり、撰銭令においても、「名物狩り」の決済に金銀を貨幣として用いる、と記載させるほどだ。

「お主は商人としての作法がなっておらぬ」

茶器を広げる貞清を呆れるように眺めて、そして口に出す。

「そういうものは、最初に出しておくものだ」

茶室の二人は密かに笑む。

廊下に小さく控える小坊主だけが、きょとんと呆けたように二人を眺めていた。

戦国時代の銀と銭

本書は石見銀山をテーマに、それに関わる物語を紹介しています。それなのに目次を見ると、織田信長や鳥取城といった単語が並び「何故?」と疑問に思う方もおられると思います。

一つの歴史的事実を知るときには、前提としてその時代の流れであったり、事件の繋がり、当時の状況といったものもあわせて考える必要があります。織田信長や鳥取城がどのように石見銀山と関わっていくかは本編を読んでいただくとして、ここでは当時の経済事情と銭に関することについて補足します。銀は貨幣の一つとして商売や取引に使われましたので、当時の銭の状況を考えることは石州銀の役割を考える上で重要です。

本編では神屋寿禎が、また神屋貞清と織田信長が銭の事について色々と語っていましたが、少し時代を幅広に紹介します。

○永楽銭

戦国時代の主要な通貨といえば永楽銭です。室町幕府が勘合貿易で明から大量に輸入し、領民に銭での納税を促進したために、全国で広く使用されるようになりました。永楽銭は、明の永楽帝の時代に大量に日本に輸入されたためにそう呼ばれていますが、実際にはそれ以前に輸入された宋銭なども含まれます。そして種類が異なっていても一枚が一文で取り引きされる計数貨幣となっています。

○鐚銭

定義は時代や場所によって変わるので線引きは難しいですが、永楽銭が劣化（欠け、割れ、擦れ、焼けなど）したものや、私鋳銭（偽造貨幣）などが含まれます。通常の銭と比べて価値や信頼が欠けているもので、支払いに使おうとした場合に拒否されることもあります。織田信長が出した撰銭令は、この鐚銭に一定の価値を保障するという命令でした。ちなみに撰銭令は信長以前にも他の戦国大名が出していますので、織田信長が考案したものではありません。

○さかひ銭

私鋳銭の一種として制札で鐚銭扱いされていた銭です。大阪府堺市の中世後期の遺跡から、銅銭の鋳型や、その鋳型で作られた銭が見つかっており、堺で作られた私鋳銭がさかひ銭と呼ばれていたようです。大森銀山でも使われていたという記録があります。

○馬蹄銀

中国大陸で使われていた銀を使った貨幣です。銀の量で取り引きをしていたため、秤量(しょうりょう)貨幣と呼ばれる種類のものです。重量を量って決済するために、計量時に積みやすいという理由で馬蹄形になっています。

○丁銀

日本で作られた銀貨です。銀の含有率と重量を量って取り引きを行う秤量貨幣の一種になります。細かい取り引きをするときには切り使い(丁銀を切って商品の対価と合わせる)をします。後に含有率は銀座で測定して墨書して保証したり、一定量の銀を紙で包み、紙包のまま貨幣として用いる方法などもありました。

○甲州金

武田信玄が今川氏が有していた富士・安倍金山を手に入れた後に発行した金貨です。量目単位として、両・分・朱が用いられた計数貨幣です。後に徳川幕府が定めた貨幣制度に引き継がれています。

○慶長小判

徳川幕府は金銀銅（銭）からなる、いわゆる三貨制度を定めました。慶長小判には「一両」の刻印が打たれており、金一両として用いる計数貨幣となりました。後に元禄時代に鋳造した元禄小判は金の含有量を下げており「貨幣の改悪」として知られていますが、計数貨幣ですので金の含有率にかかわらず、どちらも金一両で取り扱われました。

戦国時代から江戸時代初期の貨幣を幾つか並べてみました。特徴としては、金貨、銭は一枚あたりの価値が決まっている計数貨幣ですが、銀貨は地金の価値を基準とする秤量貨幣であることです。銭を使う側からすれば、いちいち重さを計らなければ使えない銀貨よりも、枚数で買い物ができる金貨（小判）や銭の方が使いやすいところです。現に、江戸時代においては「東の金づかい、西の銀づかい」と言われ、江戸では小判が、大阪ではもっぱら銀貨が使われていました。銀貨（丁銀）は地金の価値でその交換比率が時々で変わるため、大阪では両替商という商売が繁盛したようです。

丁銀は秤量貨幣であり、価格調整のために切り使いすることが当然となっていました。したがって丁銀の形そのままで残っているものは、とても珍しいものになっています。

また、銀が秤量貨幣として使われたのは、海外との取引に用いる為だったと言われています。南蛮人と取引するときに金一両と言っても通じませんが、銀一キロでと言えば商品交換が可能です。江戸時代初期までは朱印船貿易として活発的に海外交易を行っていましたので、江戸時代になっても銀貨は秤量貨幣として残ってしまったようです。

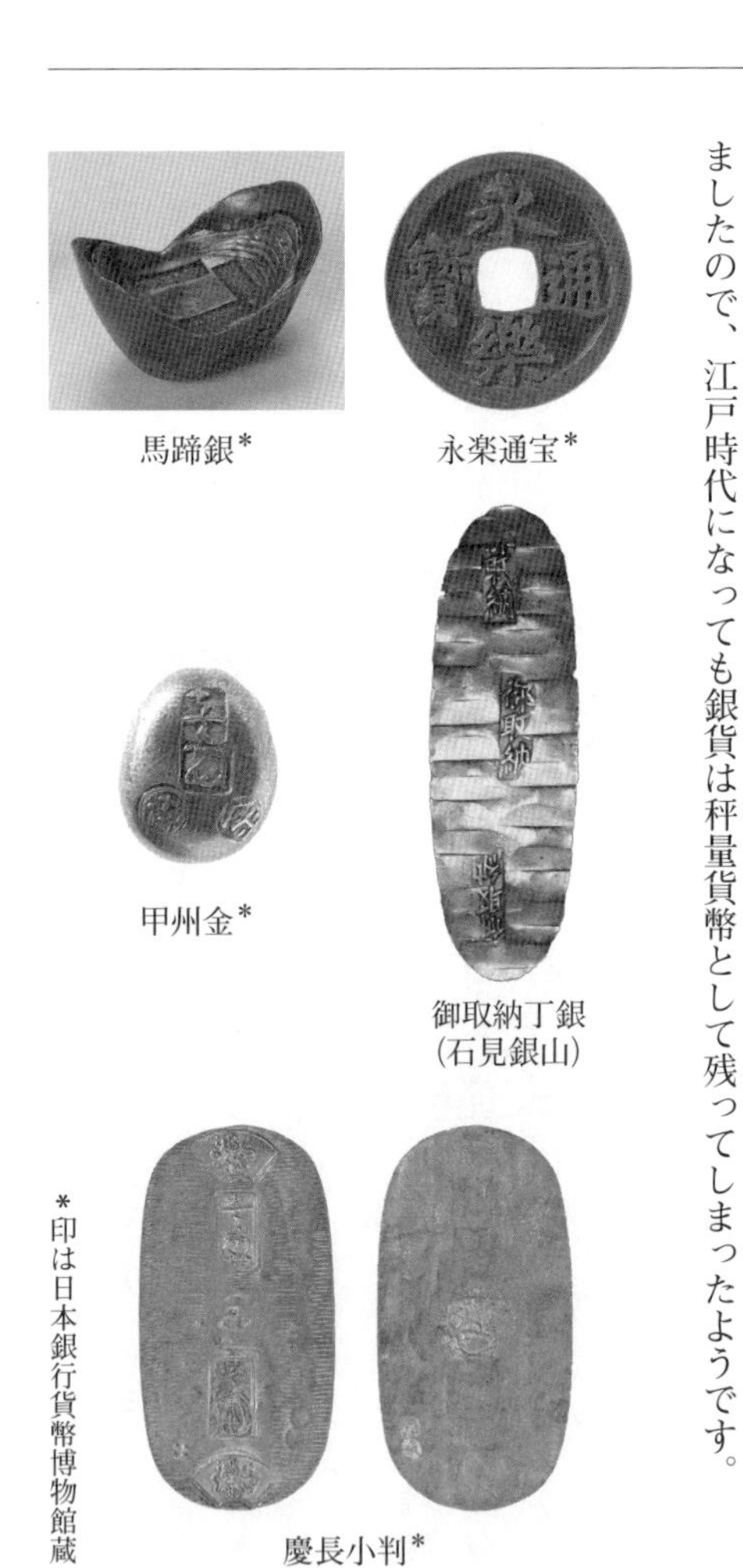

永楽通宝*

馬蹄銀*

御取納丁銀
(石見銀山)

甲州金*

慶長小判*

*印は日本銀行貨幣博物館蔵

餓工殺（かつえごろし）

吉川経家　鳥取城籠城戦

天正九年（一五八一）一月十四日。福光城。

吉川元春から送られてきた書状を開き、吉川経家は暫し瞑目し小さく呟いた。

「いよいよここまで追い詰められているのか」

毛利家は元就の時代から急激に勢力を拡大し、本国安芸を中心に、周防、長門、石見、出雲、備後、備中、美作、伯耆、因幡、そして但馬の一部にまでその勢力を広げていた。かつて西国の雄と呼ばれた尼子経久、大内義興と同様、それは日本国内を見渡しても一、二を争うほどの広大な版図であり、この戦乱の時代において最も巨大な勢力の一つともいえた。だがそのことは、毛利家の将来が安泰であるということを意味しない。

「殿、どうなされました。その書状にはなんと」

書状を運んできた小三郎は首を傾げて経家を見上げた。その不安そうな表情を打ち消すように、不敵に声を上げて笑った。

「何、吉川元春殿からの援軍依頼よ」

毛利家の領国、その東端。毛利軍は現在、山陰、山陽の二方面で攻略を進めている。かつては不戦同盟を交わしていた織田家とも、石山本願寺との戦い、将軍足利義昭の鞆下向、尼子家残党の蠢動（しゅんどう）により関係は悪化、勢力拡大を続ける織田家と国境を接するに至り、毛利対織田の直接対決が始まっていた。山陽方面軍を指揮するのは毛利元就の三男、小早川隆景。そして山陰方面軍を指揮しているのが吉川元春だ。

「元春殿の兵法の優れたるは皆、承知の事。成り上がりの織田などに負けるはずもない。そろそろ決着をつける大戦が近い。その戦に備えて俺にも声がかかった。それだけのことよ」

経家の言を聞き、小三郎は少し迷うように頷いた。経家の大言をそのまま信じる訳にはいかない。毛利家中の者であれば、薄々感じていることだ。

「これが俺の最後の出陣となろう」
その言葉は強固な決意であり、離別を感じさせるものであった。

吉川家の出自は駿河国であるが承久の乱で功を挙げ、吉川経光が安芸国大朝荘を本拠とするようになった。その後、経光の子らが家を分け、安芸吉川家を宗家とし、石見吉川家、播磨吉川家、駿河吉川家などに分家した。

いわゆる毛利両川体制の一つである吉川元春の吉川家は安芸吉川家であり、吉川経家は石見吉川家の後継、吉川経安の嫡男である。

永禄二年（一五五九）、毛利元就は石見吉川家の当主吉川経安に福光城を与えた。

この時期、大森銀山は尼子家の手中にあった。そして尼子晴久は銀の積出湊である鞆ケ浦と大森銀山を繋ぐ銀山街道と山陰道の交差する地にあった温泉城を整備し、温泉城を居城とする温泉氏の支援として出雲国玉造湯荘の湯惟宗を入れて守りを固めていた。福光城はこの温泉城に抗するため、対尼子戦の最前線の城として吉川経安に任せられたのだ。

永禄四年（一五六一）十一月、毛利家に従っていた福屋隆兼が所領の処遇に不満を持ち突如離反。尼子家に通じて湯惟宗と共に兵五千を率いて福光城を強襲した。吉川経家が元服した翌年のことだ。吉川経安らはこの攻撃を凌ぎ、都治隆行、竹内芳督らの援軍を受けて撃退した。これを切っ掛けに毛利の対尼子大森銀山争奪戦は大きく動き出した。

毛利元就は尼子義久と和議、いわゆる雲芸和議を結び停戦した。翌永禄五年（一五六二）二月には一万八千の大軍を擁して福屋氏討伐へ兵を発する。福屋隆兼の嫡子、福屋隆任が河上松山城において奮戦するも戦死し落城。福屋隆兼は出雲へと逃げ去った。目的を果たしたはずの毛利軍はしかし、河上松山城を落とした勢いのまま温泉城への攻略を開始した。尼子家家臣の温泉氏へ攻撃を加えるのは明らかな雲芸和議の違反である。尼子本家はこれに抗議するが兵を動かすことはできなかった。毛利軍は温泉城を陥落させると、そのまま大森銀山へと兵を進めて同年六月には山吹城に籠る本城常光を包囲して降した。以後、大森銀山は毛利家が領有することとなる。

この戦における石見吉川家の功績は大きく、続く月山富田城包囲戦や北九州戦線においても石見の国人衆を率いて毛利軍の最前線に立ち続けてきた。

天正九年（一五八一）、毛利家の東部戦線は危機に陥っていた。山陽と山陰、二路の経路で進められている国境の攻防は、本格的な織田軍の侵攻、すなわち羽柴秀吉による中国路方面軍の攻勢により危機に陥っていたのだった。

かつて毛利の支配下にあった備中の宇喜多家は、今は織田家に従っている。山陽方面の国境は備後、備中国境にある高松城にまで後退している。これに比べて山陰方面、但馬、因幡、伯耆の国情は混沌としている。但馬の親毛利勢力は織田軍により放逐され、因幡鳥取城の山名豊国の離反、伯耆国羽衣石城にある南条家の織田家への追従により山陰道東部の経営は瓦解、一時は伯耆国西部にまで後退した。その後、鳥取城において山名家家臣による山名豊国の追放と毛利家への帰順もあり、因幡伯耆の国情は混乱している。毛利と織田の勢力圏は明確に線が引けるものではなく、国内の各小城、国人領主ごとに歪に入り組んでいる状態だった。

「因幡出陣、ですか。国人衆への声懸かりは如何ほどで。兵はどれほどになりましょうか」

小三郎の問いに経家は答えなかった。吉川元春からの書状を丁寧に畳み懐に仕舞うとゆっくりと立ち上がった。

「どちらへ」

「外を歩いてくる」

「では、私も」

背を追う小三郎に構わず、経家は大手へと続く戸口をくぐった。その足先は城の北、温泉津へと向かっていた。

福光城は対尼子戦、大森銀山攻略戦の要衝であったが、尼子家を滅ぼした現在ではその戦略的価値は小さい。それよりも重要なのは温泉津湊である。毛利が整備した銀山街道は、大森銀山から温泉津湊へと続く街道である。温泉津は銀の積出湊として整備されたが、現在はもう一つ大きな役割がある。山陰道での対織田戦、前線へと兵と物資を運ぶ海路の中継湊としてである。

「今日の海もいつもどおりだな」

経家は上着を押さえながらつぶやく。

「そりゃあ、今は冬ですからね」

山陰の一月の空には鈍く厚い雲が広がる。北西から吹き付ける季節風は容赦なく体温を奪おうとする。今にも雪が降りそうなほど冷たい風だ。

「外は寒いばかりですな。どちらか目的があるので」

湊には二人以外の人の姿がなかった。いや、人だけでなく船影も少ない。冬の日本海は吹き付ける季節風のため船を出すことはできない。無理ではないが相当な危険が伴うため緊急時に限られる。それも天候を見ながらの話だ。では銀の積出湊である温泉津は冬の間寂れているかといえば、そのようなことはない。温泉津との名の示すとおり、この地には温泉が湧く。平安の昔から知られている古い温泉地である。銭さえ払えば誰でも入ることができるため、近隣の領民のみでなく銀山からも足を運ぶものが多い。湯治として寒い時期だからこそ身体を労わり、そのありがたみが強く感じられる。したがって温泉街は年中でも一番の賑わいを見せている時期だ。

その温泉街をちらと期待の目で眺め見る小三郎に、経家は行き先を告げる。

「奉行の武安殿の屋敷だ」

「それであれば、私が先触れいたしましょう」

明らかに気落ちした表情を隠すこともなく小三郎は言う。経家の応えを待つ間もなく、吐いた息で両手を温めながら小走りに駆けだした。その背を眺めつつ、苦笑する。

「お主は早く暖まりたいだけだろう」


「お待ちしておりました。いかにも早いお着きですな」

武安就安（たけやすなりやす）は温泉津奉行の一人である。毛利元就が大森銀山を含む石見国を手中にした際、大森銀山と温泉津は国人領主の支配下には組み込まなかった。大森銀山には山吹城に、温泉津には櫛島城にそれぞれ奉行を置いたが、実際の銀山や湊の運営は職人や商人らに任せることとしていた。奉行は彼らの監督役、もしくは相談役といったところである。

「いや、この天気ではつい早足になるものでな」

まさか先触れの小三郎が、つい目と鼻の先から出立したとは知らない武安の言葉を、笑いを堪えて受け止める。

「盥(たらい)に湯が張ってありますれば、人心地ついてからお話を伺いましょう」

「いや、それはありがたい」

湯を使い、先に火鉢に当たっていた小三郎へ声を掛けると武安就安の待つ部屋へと向かった。

「吉川元春殿からこのような書状が届きました」

手渡された書状を一読した武安は、僅かに眉を顰めた。

「鳥取城への救援でありますか。確かにこの情勢では警固衆の力を借りる必要がありますな」

警固衆とは水軍のことである。常には船を使った交易や漁に励み、いざ合戦となると水軍として働くのである。船を使ってできることは何でもやる。そして商人とは武装商人でもあり、国人領主と同様、その地に根付いた一勢力なのである。

「伯耆では羽衣石城の南条が離反している。鹿野城も織田家の兵が入っている。陸路で兵を送ることは難しい。であれば、船で運ぶしかない」

そうですな、と応える武安の表情は曇る。

「情勢は知っている。湊に船の数が少ない」

そうですな、と言葉少なに武安は頷いた。

「大坂での戦が思いのほか長引きましたゆえ」

織田信長と石山本願寺との合戦は十年もの長きに及んだ。毛利家も石山本願寺に協力し、織田包囲網に参画した。天正四年（一五七六）、天正六年（一五七八）と続く木津川での戦いにおいて、毛利水軍と織田水軍が戦った海戦は有名である。「仏敵信長を滅すべし」とした檄を全国の信徒に飛ばし、浄土真宗の信徒が多い石見国からも多くの者が石山本願寺へと駆けつけた。しかし二度目の木津川の戦いで毛利水軍は大打撃を受け、その後、毛利輝元は積極的に本願寺支援に動かなくなった。だが石山本願寺は抵抗を続ける。荒木村重の織田家からの離反も影響しただろう。

その間、全国の浄土真宗信徒の協力も続いていた。信徒らは自らのなけなしの財を工面して兵糧を買い入れ、小船、漁船を瀬戸内に廻し、織田軍に包囲され孤立する石山本願寺へ兵や兵糧を運び入れようと図った。そしてそのことごとくが織田の包囲網によって潰されたのだった。そしてこの戦は最終的に石山本願寺の退去という形、実質的な敗北として終わった。

しかし、毛利家と織田家との戦は今も続いている。

「船が足りぬならば、造らねばならぬ。人手が必要なら調達しよう」

「出陣はいつ頃に」

経家は腕を組んでしばし黙考する。

「春、風が落ち着けば可能な限り早急に。できるだけ多くの兵と兵糧を鳥取に送らねばならぬ」

「それほどの大事なのですか」

小三郎が口を挟んだ。但馬、因幡、伯耆の戦況を伝え聞いてはいるが、石見国人としては遠い国の物語だ。それを実感するのは難しい。

「因幡で織田に負けるならば、我らは安芸と周囲の二、三国を維持するのが精一杯となろうよ」

経家の言葉を、小三郎は理解できなかった。因幡からここ石見まで、伯耆、出雲と二箇国がある。美作も備後も毛利の勢力圏だ。それらの維持さえも不可能なのだろうか。

「ところで、湊の運営はどうか。何か問題はないか」

「銀の積出、米の搬入、その他諸々、湊の運営は順調でございますよ。戦場が東に西に遠くなり、安心して航海できますので。在地の船は少なくとも、外からの商家が船を仕立ててやってきますからね」

「商家か。そうだ博多の神屋家には支援を求められないものか」

「神屋家ですか。銀山からの産出量は増え、湊へ出入りする船は多いのですが」

武安は腕を組んでしばし考える。

「最近、当主が変わったという話なのですが、こちらの経営は名代に任すのみで顔も見ておりませぬ。今一つ、何を考えておるのやら」

そうか、と二人、腕を組んだまま互いに唸る。

「もしくは銀をもっと前線に送ってもらえば、何かと役に立つと思うのだが」

銀山からの運上金は毛利本家へ納められている。吉川経家にも温泉津奉行の武安就安にも、銀の用途に関与することはなく神屋家への伝手もない。

「船造りにも人手を集めるにも、銭はいくらあっても足りないほどですからな」

毛利家は古くから続いている室町幕府および朝廷が国を運営することに従順に従っている。鞆の将軍と呼ばれる足利義昭を保護しているし、天正三年（一五七五）、天正七年（一五七九）には朝廷に灰吹き銀を上納している。また家中での用途として、銀を用いて吉田郡山に鉄砲隊を整備しているという話は聞いている。鉄砲は種子島や堺から買い入れ、弾薬も博多商人から購入するほかなく、その維持に銭がかかる。それらに大森で産する銀が用いられている。だが、戦の最前線に立つ経家にとっては、それらが有効に活用されているとは思えなかった。

項垂（うなだ）れる経家に、そうそう、とあえて明るく武安は声をかけた。

「そうそう、吉川殿が呼び寄せた石工の経営が順調とのことですよ。珍しい色味でありながら加工しやすいとの話。近頃は船荷の一つとして取引されておりますよ」

「そうか、それは朗報だな」

石見吉川氏が福光城に入った後、彼らが行ったのは撫民（ぶみん）と新たな収入源の確保であった。新たな領主として地を治めるには、領民からの理解と支持を得る必要がある。領民の生活を安定させるには、彼らが安心して日々を暮らせるよう治安と収入の確保が必要だった。石見は元々平坦な土地が少なく、新たな水田を切り拓くことは難しかった。しかし領内の山中に良質な石材を見つけることができた。そこで吉川経家は家臣の萱谷（かやたに）に命じ、大坂から石工、坪内弥惣兵衛を呼び寄せた。その石材は淡い青緑色をした凝灰岩であった。火山灰や火山礫が海底に堆積、固結してできた岩石で、比較的軟らかいため加工しやすい特性がある。その石材は福光石と呼ばれるようになり、石見東部地域では、鳥居や灯籠、石仏、墓石などに使われている。

「ならばよい。我らも領民の力になっているならば、安心した」

ふっ、と肩の荷を下ろしたように、息を吐いた。その経家の落ち着いた様子に小三郎は僅かな不安を感じるのであった。

天正九年（一五八一）二月二十六日、吉川経家は福光城を出立した。鳥取城支援のためだ。出立に先立ち経家は嫡男の亀寿丸に遺言状をしたため、所領を譲っている。温泉津の湊から船上の人となった経家は、出雲国出雲郷（あだかえ）において吉川元春に面会しさらに東上、三月十八日に鳥取城へと入った。

毛利家と織田家との争いの最前線である鳥取城において、現在の情勢が緊迫している、という訳ではない。

因幡国は前年の羽柴秀吉による因幡遠征によりそのほとんどの城が織田方となっていた。秀吉は降伏した山名豊国（とよくに）を鳥取城に、伯耆との国境の鹿野城に亀井茲矩（かめいこれのり）を残し、本拠である姫路へと戻っていった。しかし、山名豊国は但馬山名家の出自であり、因幡の国人衆の信頼を得ることができなかった。山名家の重臣である中村春続（はるつぐ）、森下道誉（どうよ）らは毛利軍が伯耆攻略を優位に進めているを見て山名豊国を追い出して毛利方についた。

鳥取城での出来事を見て、親毛利方の因幡国人領主らは気勢を上げ、荒神山城、勝山城、防己尾（つづらお）城などが織田家に対して反旗を翻した。しかしこれらは小勢であり頼りにならない。織田と毛利の勢力が入り組む情勢の中、鳥取城が因幡国内の毛利勢力の旗頭として屹立しており、織田家にとって最大の戦略目標になるであろうことが明白であった。とはいえ、この時点で因幡国内において積極的な戦闘が行われた形跡はない。因幡国の状況は、毛利軍、織田軍の本隊が兵を入れない限り合戦さえままならない。それほど疲弊していた。


「先ずは状況を確認したい」

鳥取城に入城した吉川経家は早速、中村、森下らの家臣を集めて評議を行った。毛利家の将として鳥取城守備を任されたのであるから、情勢把握は喫緊の課題であった。集められた因幡の国人衆らの表情に疲弊した感はあるが、緊迫した空気はない。

「城に残っている兵はどれほどか」

この時、鳥取城にある兵は、山名の兵が一千、経家よりも先行して入城していた在番衆を含めて毛利の兵が八百ある。合計で二千弱といったところであった。

「吉川元春殿より、兵糧が不足しているとの話を聞いている。残っている兵糧は如何ほどか」

「確かに兵糧は不足気味ではありますが……」

国人衆らの歯に物が挟まったような言い方に、不安を感じる。

「鉄砲、弾薬はこちらにありますとおり十二分にございます」

こちらは帳簿に記されてあった。火薬や鉛玉の量も十分で、数か月の籠城戦が可能な量がある。

「ならば籠城しての戦は可能なのだな。それで兵糧はどれほどの期間耐えられるのだ」

経家の問いかけに、だが、因幡の国人衆らは反発した。

「この城には籠城できるほどの余力はありませぬ」

明らかな拒絶。経家は眉を顰めて鼻白んだ。

「しかし、毛利本隊が来るまでは、この城に織田軍を釘付けする必要がある。それに未だ陸路が繋がっていない。羽衣石城と鹿野城を攻略できなければ、吉川元春殿の援軍は届かぬ。それだけの時間を稼がねばならぬ」

理屈としては子供でも分かる。経家がやってきたように船で兵や兵糧を運ぶことも可能だが、その程度の量ではいずれ大軍を引き連れて侵攻してくるであろう織田軍との合戦はできない。織田軍が攻め寄せてくれれば、鳥取城は孤立し籠城するほかなくなる。それが道理だ、と思うのだが、中村は首を縦に振らない。

「無理です、籠城だけはできませぬ」

経家と国人衆らは睨みあうように、評議は終わった。


「毛利を頼っておきながら、あのような言は許せませぬ」

評議の後、吉川経家は在番衆の中から塩冶高清を呼び寄せて話を聞いた。小三郎は因幡国人衆の態度に対し、憤慨している。

「我らはこの城を助けるために、石見から因幡まで遠路やってきたのですよ。もっと協力的でもいいじゃないですか」

「まあ、そう言うな小三郎」

経家は今にも立ち上がりそうな小三郎を宥めるように言う。

「塩冶殿、実際のところいかがなのですか。評議の場では言えぬこともあるでしょう」

そうですな、と一言区切って塩冶高清は重い口を開いた。

「先年、北陸で米が不足し飢饉が起きているという噂が流れておりましたがご存じでしょうか」

「いえ、そのような噂聞いたことがありませんが」

やはりそうですか、と高清は大きく息を吐いた。

「因幡ではそのような噂が流れたのです。そして実際に若狭から来た商人より、高値で米を買い上げる、との申し入れがありました」

「それで、それを皆は信じたのか。いや、それで米を売ったのか」

「それは……、はい、そうです」

言いにくそうに高清は続ける。

「当面、戦は起こらない。皆そう言いましたので」

「戦が、起こらない？」

何故そのようなことが分かるのですか？　と、小三郎も首を傾げる。

「織田側の城下でも戦に備える様子が見られなかったのです。それどころか、同じ若狭の商人に兵糧を売っているという有り様で」

そわそわと高清は膝を揺する。

「戦がなければ今年の収穫は期待できる、と。それがあれば十分ではないかと」

毛利と織田が争っているとはいえ、平時は人の行き来がある。戦支度をした兵団が城下に迫らない限り城門は常に開いている。城内の兵を相手に商売をする地元の者も多い。だから、織田方の城内で米を売り買いしていることは領民からつぶさに聞き取ることができた。常よりも多くの銭を受け取っている織田兵の様子も、だ。

「城の兵糧を売るとなれば、籠城なり兵を動かすつもりがない。すなわち当面は戦を始める予定がない。そういう判断か」

だが、と経家は言葉を続ける。

「敵方が米を売って銭を儲けているのを、ただ眺めていることはできなかった。そういうことか」

戦よりも金儲けか。小さく呟いた声は、皆に漏れていたのかもしれない。塩冶高清は恥じ入るように身を竦めた。

「止められなかった我らも同じですな。今、城にある米は一月分しかありませぬ」

それは思いのほか少ない。吉川経家は天を仰ぎ、ゆっくりと息を吐いた。

「ならば、早急に兵糧を集めねばならない。吉川元春殿へ早急に兵糧を送ってもらうよう手紙を出そう。そして、塩冶殿」

経家は睨むように視線を止めた。

「塩冶殿には城内の銭を集めて貰いたい」

「銭を、ですか」

「城内の米を売ったのであれば、銭はあろう。城の兵糧を売った分は当然として、皆の懐の中も含めて全ての銭を集めよ。城内の将兵の命運は既に一つだ。それで兵糧を買い入れる。東西、全ての商家、豪農、領民へ声を掛け兵糧を集めるのだ」

経家の重い言葉に、傍らに控える小三郎でさえ身が震えた。


その後、鳥取城内では一悶着が起きた。

中村春続、森下道誉らの因幡衆は吉川経家の命を渋々受け入れた。だが、一部については明確に反対した。

「兵糧の買い入れについては異存ござらん。ただ、用いる銭は城の備蓄分だけにしていただきたい。我らの銭は我らの所領を守るために用いたい」

中村の断固とした発言に後ろに居並んだ因幡衆らも頷く。

「それに兵糧の買い入れに協力することは、この城での籠城を了承することを意味しませぬ。我らの信頼を得たいならば、まず、毛利家の力を見せて頂きたい」

吉川経家は口を閉じたまま聞く。

「ここ因幡は戦乱の続く国であります。かつては名門山名家が治めていた土地に尼子の兵が押し寄せ、のちは毛利の殿がこの地を治めました。そして今、織田の兵が迫り、一度は蹂躙されました。その度に国人衆は割れ、互いに争い、疑心暗鬼に陥っております」

「既に幾つかの国人領主は国外へ追われ、残った我々も毛利、織田の大戦に駆り出されるありさま。我らにはかつてのように所領を治めるだけの力もございません。その中で、我らは織田よりも毛利家に親しみを覚え、今、こうして力添えをしておるのです」

それゆえ、と語気も荒く続ける。

「それゆえ毛利の殿には、織田と雌雄を決する戦を行ってもらい勝利していただきたい。毛利家が織田家よりも頼りになると、そう天下に知らしめて頂ければ、我らも安心して命に従うこともできまする」

「それも可及的速やかに、です。この因幡の地は、長きにわたる争いを倦んでおるのです」

吉川経家は言葉を返すでもなく、ただ黙って因幡衆らを睨み続けていた。

「毛利と織田の決戦って野戦ですよね。相手がいることなのに、やろうと思ってできるのですか」

小三郎は、勝てるのですか？　とは聞けなかった。経家は厳しい表情を崩さない。

「小競り合いならともかく、織田軍と雌雄を決するほどの大戦を起こすのは難しいでしょうね」

塩冶高清は唸る。吉川経家は再び毛利家の将を集め意見を聞いていた。

「かつて大殿（毛利元就）は厳島に陶晴賢をおびき寄せて、ただ一戦で決着をつけたことがある。陶の首級を上げ、それによって大内の勢力圏を手に入れた。そのような戦をこの地でもう一度、か」

「それは、それで決着が着けば一番いいんでしょうが」

戦乱の時代だが、大兵力が野戦でぶつかって雌雄を決するような大きな合戦は意外に少ない。毛利元就と陶晴賢が争った厳島の戦い、織田信長と今川義元がぶつかった桶狭間の戦い、武田信玄と上杉謙信が戦った川中島の戦い、織田信長と武田勝頼が争った長篠の戦いなど幾つか挙げることができる。だがどの戦も、最初から野戦での決戦を意図して兵を動かした訳ではない。それぞれ、厳島城、丸尾砦、海津城、長篠城といった城を取り合う攻城戦、防衛戦の中で起こった野戦なのだ。その意味でこの因幡の地で決戦を行うのであれば、ここ鳥取城での籠城戦がその中心になるはずだ。鳥取城を落とすために展開した織田軍を、毛利軍が迎撃、もしくは襲撃する。そういう形が想定できる。だから吉川経家にとって、鳥取城の籠城戦は規定事項なのである。因幡衆へ明確な回答を与えなかったのは、それゆえである。

「籠城戦についてはもう一つ、考慮頂きたいことが」

「なんだ」

「毛利本国から派遣された在番衆についてであります」

鳥取城に籠る兵は、因幡国人衆の手勢が一千。これに加えて、毛利家の支配領域から派遣された兵、在番衆が八百ある。毛利家では領土が拡大していく中、織田や大友といった大領主との争いが恒常化し、万を超える兵を集めた合戦が多く行われるようになった。となれば、最前線の城の守備を地元の国人領主のみに任せると兵が不足する。そのため、本国近くの国人領主に最前線への在番を指示していた。そして毛利軍の兵といえば農民兵である。毛利軍は国人領主が自らの領土から徴集した農民兵の寄せ集めである。

「今の在番衆は既に半年近くこの城に詰めております。故郷が懐かしい、田畑が心配だ、家族の元へ早く帰りたい、との訴えが続いております。兵の士気も下がっているようで」

今の在番衆は昨年九月に森下、中村らが山名豊国を追い出した直後に、伯耆まで兵を進めていた吉川元春の兵団から一部を割いて派遣されたものだ。石見国は益田、小笠原などの兵員が派遣されている。彼らが郷里を出立したのは六月のことだ。そして既に三月も終わろうとしている。郷里が恋しくなるのも当然である。

「交代の在番衆の派遣も、早急に吉川元春殿へお願いしたいのです」

「どちらも、なかなか難しいところだな」

吉川元春の山陰攻略の拠点は出雲国の月山富田城である。そこから鳥取城までの陸路は、羽衣石城と鹿野城によって遮断されている。吉川経家が鳥取城へ入城したように、少数の兵員であれば船を用いての入城が可能であるが、千を超える兵団の移動は陸路でなくば不可能だ。

そして、このことは先の織田軍との決戦とも関わる話だ。つまり織田軍の猛攻を鳥取城がどれほど耐えようとも、吉川元春率いる毛利軍は羽衣石城と鹿野城を落とさなければ、鳥取城下での決戦などそもそも不可能だ。

「この件については吉川元春へお願いするほかあるまい。速やかに羽衣石と鹿野を陥落させ、鳥取まで大軍を寄せてもらいたいとな。我らはこの地でできることをするのみだ」

この時点で吉川経家が想定しているのは鳥取城での籠城戦だ。

京や姫路の織田軍の情勢は把握できている。兵を動かすのは梅雨後になるだろう。主将は羽柴秀吉。三万から五万の兵。その程度の兵数であれば今の鳥取城でも十分に耐えることができる。そして吉川元春の救援を待つ。元春の軍が鳥取城下まで寄せれば決戦の可能性はある。だが救援が届かなくとも、十一月になれば山陰道の雪は深い。雪さえ降れば織田軍は兵を動かすことはできず、本国へ帰還するはずだ。したがって、七月から十一月まで四箇月間の籠城ができれば、この戦は勝ちなのである。

そのためには、四箇月分の兵糧を集めることが急務であった。

「我は吉川元春殿へ兵と兵糧の支援を要請するための文を送る。そしてお主らは兵糧集めを急いでくれ。これからの皆の働きに、この城の行く末がかかっているのだ」

はっ、と頷く諸将を眺め見る。状況は厳しい。だが彼らの覇気のある声を、経家は頼もしく感じた。

この後の展開は、吉川経家の思惑どおりには進まなかった。

先ずは兵糧集めである。鳥取城下を訪れる商人や郷里の百姓は多い。彼らは城内の将兵を相手に商売を行っている。それゆえ銭を用いて彼らから食料を買い入れることは可能であった。しかしそれは山野で狩った鳥獣であったり、各種の野菜や魚介類、葛の根や木の実からつくった餅などであった。米や雑穀といった長期の保存に耐える兵糧と呼べるものではない。それでも多めに買い入れて、肉や芋などは干し、野菜も塩漬けにするなど可能な限りの保存食を確保する。だが日常に食するものも必要であり十分な蓄積が得られる訳ではなかった。

「既に、因幡国内に米自体が無いのではありますまいか」

塩冶高清の諦めの言葉に、応える気力もおきなかった。

前年の羽柴秀吉による因幡侵攻の際、織田軍は国内の兵糧四千俵あまりを徴発した上に苅田を行っている。苅田とは、田畑に植えられた作物を収穫前に刈ってしまうことである。当然、その年の収穫は望めない。織田軍は刈った青草を秣（まぐさ）として軍馬に与えたという。さらに鋤を使って根を掘り出し乾かすと、これも秣として用いるという徹底ぶりである。これをすると田畑の地力は大いに衰え、翌年に種を蒔いても十分な収穫が得られなくなる。

軍事的な理由で領民を苦しめるのは褒められる話ではないが、この一件をもって羽柴秀吉を悪だと論じる訳にはいかない。なぜなら、同様のことを吉川元春も伯耆国で行っているからだ。毛利と織田の争いは、その狭間の小国に大きな負担をかけている。

それはともかく、羽柴秀吉はこの時点で因幡国、鳥取城に対する戦略を想定済みであったのかもしれない。鳥取城を訪れる商人も在地の浦を拠点に活動する小規模な船や個人の行商人などであり、遠国から米を運んでくるような大商人はいない。織田軍が荷留めを行っているのかもしれない。

平時で城門を開けている間は、領民から食料を得ることができる。兵も弓矢を手にして狩猟や漁に出かけることも可能であった。しかし、一旦敵兵に包囲されて籠城戦となると城門を開けることは不可能だ。日持ちしない食料しか手に入らねば、長期の籠城は不可能である。やはり、米や粟、稗といった穀物の備蓄が必要である。

そして羽柴秀吉が本拠地としている姫路城を出立したという情報が入った。六月二十七日のことである。先鋒として蜂須賀正勝、荒木重堅など千五百の兵が私部城（きさいちじょう）へ入り、羽柴秀長率いる水軍が吹上浜に上陸し湯山に着陣した。羽柴秀吉本軍は但馬の小代を経由したのち因幡へ入り、鳥取城東北の高山に着陣した。後に太閤ケ平（たいこうがなる）と呼ばれることとなる山だ。兵は二万。七月十二日のことである。

　これに対し、毛利軍の動きは鈍い。吉川元春が鳥取城へ向けて兵糧船の第一弾を送ったのは七月二十一日のこと。吉川元春本人が軍を率いて月山富田城を出立したのは七月二十七日のことだ。そして八月三日に羽衣石城を攻撃するも、容易に落城する気配は見えなかった。

　因幡衆の思惑とは異なり、彼らも鳥取城への籠城を選択するほかなかった。

「既に食料が尽きかけておりまする」

吉川経家がその報告を聞くのは幾度目のことだろうか。

　籠城戦は二箇月を経過して九月に入っている。鳥取城に籠っている兵は因幡衆の兵一千、毛利家の在番衆が八百。これに加えて、近隣の百姓らが二千ある。彼らは攻め寄せてきた羽柴軍から追い立てられるようにして、急遽入城した者たちだった。当初千八百の兵でも厳しいと考えていた兵糧事情が、これによって一気に苦しくなった。

「百姓などに分ける食料はない」と声高に叫ぶ者もいたが、飢える彼らの目の前で将兵のみが食事をとる訳にはいかない。そのようなことをすれば彼らは内から城門を破ることになり落城は必至だからだ。結果、戦前に掻き集めた兵糧はたちまち尽きてしまい、城内の草木から家畜、軍馬まで口にすることになった。

吉川元春の元から送られてきた兵糧船は一度だけ、七月二十二日に鳥取城の出城である丸山城へ届けられた。だが、その後、羽柴軍の包囲は厳しくなった。鳥取城を包囲するように付城が十五箇所設けられ、さらに鳥取城下を流れる袋川には乱杭や逆茂木が打ち込まれ水底には荒縄が張り巡らされるという徹底ぶりで、陸路も水路も完全に遮断されていた。

それでいて、羽柴秀吉は鳥取城を攻め立てようとはしない。一度たりとも城門に兵を寄せることさえしないのだ。

「羽柴軍は我らが飢えるのを待っておるのです。敵の思惑を破るには、こちらから討って出るほかありませぬ」

そう主張する者もいたが、経家は出陣を許さなかった。勝てる見込みがないためである。門を開ければ、その日のうちに鳥取城は陥落する。

「既に餓死する者も出ております」

八月の二十日には城内で死者があった。まだ数は少ないが、これから増えることはあっても減ることはないだろう。食料の不足は栄養状態の悪化に繋がり、損なった健康は容易に人の命を奪う。

「降伏、も視野に入れませぬか」

以前であれば臆病者と誹られる言葉であったが、今は誰からも非難する声はあがらなかった。糧食が乏しくなった頃、何名かの農民が逃亡した。羽柴秀吉は最初の数人を受け入れたところで城内の窮乏を知ると、その後の方針は一変した。鳥取城からの逃亡者は全て捕えられ磔に処された。逃げれば死、留まれば飢えによる緩やかな死、逃げ場はない。だが開城して降伏すれば城内の将兵と民、全てを皆殺しにはしないだろう。

吉川経家は腕を組んだまま動かない。口をきつく閉じたまま、居並んだ将兵をじろりと見渡した。そうして、ゆっくりと口を開く。

「因幡の国人衆には過大な負担をかけていることは知っている。勝ち目がなければ降伏も一つの選択肢であるだろう」

だが、と吉川経家はそれを否定する。

「だが、織田の軍勢が多勢だと簡単に引き下がれば、次の戦場は出雲となり石見となる。因幡の人々の苦労は判るが、同じ労苦を石見の人々に与えることは避けたい。そのためにも、この地で毛利家への信頼と力を示す必要がある」

経家の言葉に居合わせた将兵から異論は出なかった。だが、見えない戦の先行きに不安を覚えている。その姿を見て経家はゆっくりと、諭すように言葉を続ける。

「吉川元春殿が水軍を集めている、との連絡があった」

吉川元春からの手紙は秀吉軍の包囲網によって途絶えている。その知らせがあったのはただ一度の兵糧搬入の時であったのだから、既に一月以上前の話だ。

「元春殿は我らを救うために動いていていてくれている。その誠意を裏切ることはできない」

経家はそう説いて、安易な決着を望む将兵を宥めて廻っていた。まだ食べられるものがあるとはいえ、十分であろう筈がない。居並ぶ将兵の頬はこけ、覇気がない。評議の場で座っているだけで、ふらふらと揺れる者もいる。

「武安殿が石見衆へ声を掛けて温泉津に兵と兵糧を集めている」

おおっ、と在番衆らから声があがる。武安就安は温泉津奉行である。在番衆の石見国人にとっては、郷里から送られるという支援に懐かしさと心強さを感じる。

「今しばらく耐えてくれ。吉川元春殿と、国元への信頼を揺るがしてはならない」

吉川元春は幾度も温泉津奉行武安就安へと手紙を送り、兵船の融通を依頼していた。七月に最初に派遣した一度だけ、船を使っての兵糧の運び入れができた。だがそれ以降、織田軍による包囲網は強化され、船を鳥取城に寄せるためには織田水軍を討ち破る必要が出てきた。

泊城は因幡伯耆の国境の海岸線に位置する、毛利方の最前線の軍湊である。吉川元春はこの城に軍船、兵糧船を集め、鳥取城救援を図っていた。

九月十六日、この泊城に織田軍の松井康之が強襲した。松井康之は丹波国を拠点とする細川藤孝の配下であり、付近の海賊衆を束ねて丹波水軍を組織していた。

この一戦で泊城には火を放たれ、停泊していた船の悉くが流し捨てられた。毛利軍は慌てて大崎城から援軍を派遣したが、これも瞬く間に撃破され数隻の警固船が強奪された。

陸上の戦いも停滞している。羽衣石城も鹿野城も落城の気配は見えない。九月下旬、吉川元春は羽衣石城の周囲に付城を築き長期包囲戦に切り替えた。

この時点で海路、陸路共に、鳥取城救援のための手立ては全て途絶えたのだ。羽柴秀吉はこの戦の状況を随時鳥取城内に向けて喧伝した。当初は取り合わなかった鳥取城内の将兵も、まるで見てきたかのような詳細な内容と、現実に届かぬ救援をあわせて考えると、それが真実だと信じるほかなかった。

「もう限界であります」

その短い言葉が重かった。城内に毛利の在番衆に割り当てられた一室。集まった人々の疲労は濃く、空気は重い。

「もう、限界であります」

誰もが言葉少ない。ほとんど骸骨を思わせるほど痩せた頬に、窪んだ眼窩にぎょろりと開いた目が鈍く灯火を反射する。吉川経家も、自身が同じような姿になっているだろうと思いつつ、皆の姿を憐憫をもって眺める。

今朝方、城内で刃傷沙汰が起きた。昨夜は雨だった。城内の草木は既にない。水辺から迷い込んだ蛙が一匹、泥の中で跳ねていた。この一匹の蛙を巡って幾人かが追い回し、競うように奪い合い、いつしか大勢が掴みかかるような争いに発展し、そしてついに刀を振るったのだ。

「たかが蛙でこの始末とは……」

騒乱の小さすぎる原因と引き起こした結果とが将兵を打ちのめした。

「たかが、とは誰も言えぬ。全ては我の見込み違い。責は全て私が負う」

その場に居合わせた皆が視線を外すように揺るがした。

城内の一つの曲輪が死体置き場となっていた。籠城当初は死者を埋葬していた。死体は腐れば疫病を起こす。死者を弔うためでもあり、籠城する者の心得でもあった。しかし、瞬く間に十を超える死者が出ると埋葬する余力がなくなり、その場に遺体を放置するのみとなった。そしていつしか、その曲輪に密かに人々が通うようになった。深夜、周囲を憚るように一人、二人と。小刀を手に。既に城内の草木も家畜も口にできるものは絶えている。声にならぬ悲鳴と謝罪と、喘ぐほどの飢餓。

「例えこの戦を生き延びたとしても、皆、これまでどおりには生きられますまい」

これほどの地獄を潜った者が、当たり前の世を生きる人々と共に生きることができそうになかった。

吉川経家はおもむろに立ち上がると、皆を見回した。一つ息を吐く。

「この戦は負け戦と決まった。決まった以上、兵へ、民へ苦難を与える訳にはいくまい」

塩冶殿、と元は但馬の国人領主であったものの名を呼ぶ。

「羽柴殿への橋渡しをお願いする。城の明け渡しを条件に兵らの命を保障していただく、と。これ以上は先方の情けに縋るほかはあるまい」

「ここまで耐えに耐えて……、悔しいですな」

掠れた、無念の声を背に聞いて、吉川経家は戸を潜り出た。

深夜、鳥取城の主郭に登り天を仰ぎ見る。膨らみを帯びた半月、弓張月だ。引いた時の弓の形に似ていることからそう呼ばれるが、経家らが戦のために引き絞った弓は、矢が放たれることもなく地に落ちた。

経家様、と遠慮がちにかかる声を背で聞いた。小三郎か、と応える声に福光から共にしてきた心安さがあった。

「雪まで待てば我らの勝ちだと考えていた。因幡の雪は深く、織田軍も攻城を諦めるだろうと。刻こそが我らに味方するのだろう、と」

それが見よ、と天を指差す。満点の星空。弓張月は十分に明るく、絹糸を流したような薄雲さえ見える。空高く伸びる、秋の空。

「雪の季節にはまだ一月以上ある。追い詰められたのは我らの方だ」

小三郎はかける言葉もなく、やせ細った背を見つめる。その向こうに羽柴軍の篝火が目に入った。暖かそうな明かりの下では、織田家の将兵は十二分の食事が与えられているのだろう。こちらの城には見張りのための篝火を灯す余裕もなく、暗く凍えている。

経家はちらと敵陣を眺め見たのち、ゆっくりと歩き始めた。小三郎はかける言葉もなく後に続く。鳥取城は急峻な山に築かれた山城であるが、歩き慣れた道は均されており月光を頼りに歩くことができる。それと同時に、道の脇に蹲って動かない人の姿を見る。飢えて立つことさえ覚束ない者たちが、生きているのか死んでいるのかさえ分からず目を閉じている。彼らを脇にしつつ一つの曲輪へ、そして大きな建物の戸口を潜った。主従、二人で室内の暗さに目が慣れるまで待ち、奥へと歩む。目の前には樽や木箱が大量に積まれてあった。それらは火薬であり鉛玉であった。

「硝煙矢倉ですね。ここに何が」

「見よ、この高く積まれた弾薬を。織田との戦に備えて数か月もの籠城戦に足るだけの、数を集めたのだ」

だが、それらは幾らも減っていない。鳥取城を包囲する羽柴秀吉は、一切、城に攻め懸けることをしなかった。城内に食料が少ないことを、そして落城間近であることを知ると、一度たりとも攻め寄せてこなかった。そして戦力差から、城内から打って出ることも諌めてきた。結局、集めた弾薬を使うことはなかった。

「そして、これだ」

経家はこれもまた高く積まれた麻袋を取り上げて口を開ける。小三郎が覗き込むと、中には百枚ずつ組紐で束ねられた大量の銭が詰められていた。

「銭だけではないぞ。こちらにはほら石見銀もある。戦のために皆が苦労して集めたものだ」

石見銀は吉川経家が入城する際、軍資金として持ち込んだものだ。

「だが、どれほど銭金があろうと、ここには必要なものがない」

小三郎には聞かずとも分かる。その必要なものを因幡衆が売り払い銭に換えてしまった。今更、それを恨む気にもならない。

「銭は便利なものだ。誰もが同じだけの価値を共有し、矢玉にも甲冑にも、米にも換えられる。こうして貯めておけば、必要な時に必要なものを買い入れることもできる」

だが、と経家は言葉を繋げる。

「こうした戦いでは、城に籠っての戦いでは用を成さない。ただ、無駄に蔵を埋めるだけのものだ」

声には悔恨の色が混じる。だがその言葉を聞いて、小三郎は一つの事に気が付いた。

「銭は矢玉や甲冑や米などの必要なものが買える……。なれば、今の我らに必要なもの、つまり、銭で我らの命を買い入れることはできぬでしょうか」

経家は驚いたように顔をあげる。その様子に小三郎も驚き、主従で互いを見つめあった。

「なるほど銭で命を買う、か。面白いな」

暫しの沈黙。経家はその手段を考えてみるが簡単には策は思いつかず首を振る。

「だが俺にはその手立てが思いつかぬ。小三郎、その方が考えてみてくれぬか」

全てを諦めたかのように呟く経家に、小三郎は意を決して尋ねる。

「経家様。羽柴殿からの提案。聞き入れないのは何故でありますか」

十月十日、羽柴秀吉から鳥取城への開城要請がなされた。その内容は、鳥取城と城内物資の引き渡し、中村春継、森下道誉、塩冶高清、佐々木三郎左衛門、奈佐日本助の切腹であった。中村春継、森下道誉は織田家を裏切り山名豊国を追放したため、残り三人は籠城前の海賊山賊行為の罪とされた。城内の兵、百姓、そして吉川経家ら毛利方の将兵の命は安堵する、とのものであった。

この要求に対し、吉川経家はただ一つ要求を付け加えた。それは自身、吉川経家の切腹であった。

「秀吉殿からも、鳥取城をまとめ上げてここまで戦い抜いた経家様を高く評価しておられます。互いに争ったのは毛利家の将としての責を全うしただけのこと、と切腹無用と伝えてきておりますのに」

そうだな、と経家は口ごもる。

「このことは、初めから決めていたのだ。吉川元春殿からの手紙が届いた時からな」

「元春殿からの手紙……」

その手紙が届いたのは今年一月のことだ。遠い過去のようにも、つい先日のことのようにも思える。

「因幡衆、中村殿、森下殿が言っていただろう。毛利家としての信頼を示せと。因幡の国人領主にとって毛利家が信頼に足る領主だと示して欲しいと」

その言葉は評議の場で何度も聞いた。

「だが、今の毛利家にはその信頼を示すことが難しい。これほど長く戦を続けることになるとは思わなかったからな」

毛利軍の兵は、それぞれの国人領主が治めている領土内の農民である。兵を発することは農民が郷里を、田畑を離れて戦場に行くことになる。その間、作物の手入れはできず田畑は荒れる。さらに戦場で兵が死ねば、領土の農業生産力も減っていくのだ。毛利家はこれまで、武田、大内、尼子、大友などの各勢力と戦を行ってきたが、それらは領土からほど近く、梅雨期や冬期といった農閑期に兵を集めるだけで事足りた。だが織田家との戦は違う。戦場は但馬、因幡、播磨と遠国となり、そこを戦場とすれば国力の疲弊は激しい。動員する兵数も増え、出征の期間は長く、鉄砲の普及により死傷者が増えた。

「因幡のごとき遠国、毛利家の存続のことを考えれば捨て置いた方が良い。恐らく元春殿もそう考えておられるだろう。誰も口にしないがな」

「それは」

「だが、毛利家は因幡衆に頼りにされた。過分な信頼であろうとも断ることはできない。だから……」

　経家は一度言葉を切る。

「だから、私は最初から命を捨てるつもりでここに来たのだよ」

「命を捨てるおつもり、であったのですか。それも最初からなのですか」

　驚きを隠せない小三郎に、経家は口の端で笑って見せる。

「因幡衆に見せる毛利家の信頼。これが限界なのだよ。戦を導くのみでなく刀槍を手にして共に戦い、同じ飯を食い、苦楽を共にし、そして……その末路も共にする」

　経家はそう話しながら矢倉内を歩く。雑多な物が積まれた区画から、一つの風呂敷包みを取り出す。包みを解くと柔らかな木肌が現れる。

「これは桶、まさか首桶ですか」

「そうだ。福光であつらえたものを、入城の際に持ち込んだのだ」

小三郎は窓枠から差し込む柔らかい月光に照らされる首桶にじっと見入る。

「毛利家の姿勢。頼ってきた手を振り払うようなことはしない。力及ばぬならば己の命をかけて応える」

落ち着いた声で話す経家の顔を、姿を、小三郎は見ることができなかった。月光に浮かぶ首桶を、綺麗に整えられた首桶を、ただただ凝視していた。

羽柴秀吉は吉川経家の要望に対し「吉川経家の切腹は無用」と何度も告げたにも関わらず、経家は首を縦に振らなかった。互いに城内の惨状を目に耳にしつつ、ついに秀吉は経家の願いを了承した。

十月二十五日、早朝。行水を済ませた経家は、介錯用の両刀を携えて城内広場に進み出た。上座に具足、唐櫃を置いて座り、部下一同と別れの盃を酌み交わした。

この時代、切腹に関する作法は無い。切腹が武士の誉として尊ばれたのは、後の備中高松城攻めの際、清水宗治の態度や作法が見事であったためである。翌年六月のことである。

経家は高らかに二、三度空笑いすると大声で「内々稽古しておらぬので無調法であろう」と言って自刃を遂げた。享年三十五歳であった。

城の大手門が開くと男が一人、布包みを抱えて進み出る。やせ細った体に覚束ない足取りで、それでも眼前に居並ぶ織田家諸将を、壁のように居並ぶ織田軍の兵らを見据えて歩みを進める。織田側の陣から一歩前に進み出た男の前で止まると、小三郎は一礼して布包みを手渡した。

「吉川殿の首桶でございます。お確かめください」

うむ、と応えた堀尾吉晴は、だが、首桶の中を改めずに背後の従者に渡した。その信頼に小三郎は一礼し、懐から封書を取り出す。

「そしてこれは、吉川殿が認められた遺書でございます。このままご遺族にお渡ししていただくようお願いいいたします」

経家は切腹の前日、五通の遺書を認めていた。一つは嫡子亀寿丸へ、一つは父経安へ、一つは自分の家臣にあてたものだった。このうち経安宛の書状では「自分一人の切腹により、多数の城兵の命を救うことは吉川一門の誉である」と記してあった。

わかった間違いなく届けよう、と堀尾吉晴は受け取った。

「鳥取城は開城いたします。どうか約を違えず、速やかに城内の皆さまをお救いいただけるよう、よろしくお願いいたします」

小三郎は丁重に頭を下げる。城内の人々の命運は既に彼らの手から離れた。もし織田軍が約束を破り、城内の人々全てに死を与えようと思えば不可能ではない。そして、これまでにも時折、織田軍は非道さを見せている。

「我らが殿は、一度交わした約束は必ず守る。安心せよ。今、炊き出しの準備もしておる。城内の者は速やかに外へ出て体を厭(いと)うよう、伝えてくれぬか」

「ありがたき幸せでございます」

もう一度、深々と頭を下げると、小三郎は城内へ向けて歩む。その先とは異なる足取りに違和感を感じる。

「おい、お前はこれから何をするつもりなのだ」

堀尾吉晴の問いかけに歩みを止めた小三郎は、だが、振り返り一礼したのみで、そのまま城内へと消えていった。

吉川経家の切腹の後、降伏の条件であった中村春継、森下道誉、塩冶高清、佐々木三郎左衛門、奈佐日本助の切腹が執り行われ、羽柴秀吉の陣へ首桶が届けられた。これによって、鳥取城での戦いは毛利方の敗北、織田軍の勝利で決着がついた。

籠城していた兵、百姓らは覚束ない足取りながらも自分たちの足で城外へ出て、入れ替わるように羽柴秀吉は鳥取城へと入城した。

城を織田軍へと引き渡した後、吉川経家を慕う家臣数名が主君の後を追うように命を絶った。城を明け渡したその日の事である。彼らは苦しい戦いを潜り抜け生き延びたにも拘わらず主筋に殉じ命を絶ったのだった。そしてその中には、福光小三郎の名が連なっていた。

後年、江戸時代、大森銀山柵内の観世音寺に石窟五百羅漢座像群が造られた。これは時の大森代官所役人が「大森銀山で亡くなった人々を弔うため」として銀山御料内、福光村の石工、坪内平七一門へ依頼して造らせたものである。

五百羅漢像には様々な人々が刻まれている。大人も子供も、太っているもの、痩せているもの、喜怒哀楽様々な表情で。僧のように説法をしているもの、聞いているもの、町人や職人、鉱夫や武士、天空を仰いでいるもの、布袋和尚に似ているもの、など、多様な面相、多様な人々が刻まれている。ここに来れば、亡くなった近親者の顔を再び仰ぎ見ることができると人々の間で伝えられ、故人を一目見るために多くの人々が参内したといわれる。

そしてその羅漢像の中には福光の地で生まれ鳥取の地で散った、吉川経家主従の姿も見ることができる、と人々に伝えられている。

吉川経家と羽柴秀吉の合戦

戦国武将で「吉川」と聞けば誰を思い浮かべるでしょうか。毛利元就の息子で毛利両川体制として戦場で毛利家を支え続けた吉川元春、関ヶ原の合戦で宰相殿の空弁当の故事で知られる吉川広家、応仁の乱において畠山義就を不利な兵数で撃ち破り鬼吉川と呼ばれた吉川経基を思い浮かべる人などがおられるでしょうか。

いや、吉川なんて戦国武将、地味だし名前も知らないよ、という方もおられるでしょう。ただ、先に挙げた三名は安芸吉川氏の系譜で、地元では比較的名を知られた人物でありますが、本書で取り上げた石見吉川氏の吉川経家となると地元でも知っている人はほとんどおりません。それなのに何故か、地元以外の場所で大々的に吉川経家の名前をあげて歴史を宣伝している城があります。それが鳥取城です。

鳥取城の麓、鳥取市武道館の前には巨大な吉川経家の銅像が立っています。もちろん旧石見国、というか吉川経家の居城があった大田市福光にもそのような像はありませんし、経家の活躍を示すような遺跡、遺構などもありません。

吉川経家の経歴については本書のとおりですので改めての解説は省きますが、彼の経歴で燦然と輝く鳥取城籠城戦において経家が在城したのは天正九年（一五八一）の三月から十月までの八箇月間に過ぎません。しかしその八箇月間の働きが、吉川経家の活躍を鳥取城下の人々に強く刻み込んだものと思われます。

経家は鳥取城入城の際、「土地柄といい、山柄といい立派な城である。この日本を代表する名山鳥取において末代まで名を残すことを名誉に思う」と手紙に書いています。状況はすでに毛利対織田の全面戦争となっており、鳥取城の帰趨が互いの戦略の要となっていました。その城で大将として臨む大戦を前に自らを鼓舞するとともに、既にその結末を予測していたかのような言葉でもあります。

鳥取城の攻防については、織田軍団の対毛利戦線において、また羽柴秀吉の天下取りにとって重要な戦だと思うのですが、小説やテレビドラマではほとんど取り上げられないというのが現状です。その理由は「餓え殺し」と呼ばれるほどの非情なまでの計画的な兵糧攻めと、その悲惨な結末にあると思います。この悲劇は物語の主要人物として羽柴秀吉を扱う場合、物語の展開の上で不都合が多いと考える方が多いような気がします。

もちろん、当時の世相、血で血を洗うような戦国の混乱期の出来事であり、羽柴秀吉が悪いとは思いませんが、「現代の基準で考えて悲惨な出来事だったから取り扱わない」という姿勢は、正しい歴史を伝えていく上で問題があるのではないでしょうか。

この時期の羽柴秀吉の合戦は、三木城の干殺し、鳥取城の餓え殺し、備中高松城の水攻めと大規模な土木工事を伴った攻城戦を次々に行っており、秀吉の戦上手を体現するような合戦が続きます。

吉川経家はその過程で敗れ命を散らしてしまいますが、その足跡は確かに鳥取の地に残っているのです。

石見銀山　羅漢寺

鳥取城跡と吉川経家像。戦国時代の鳥取城は典型的な山城で堅城を誇ったとされています

鳥取城下に佇む吉川経家像

琉球守

亀井茲矩　鳥取城攻略戦

「…………殿！　殿！」

どこからか、呼び声が聞こえる。

「殿！　どちらにおられますか。危急の事態でございます」

薄暗い、まるで薄墨の霧がかったように何も見えない。その声がどこから聞こえてくるか分からなかった。さらにその向こう、遠くからもくぐもったような人の声が聞こえてくる。大勢の人々の声。叫び声、悲鳴、それらが合わさって地鳴りのように鼓膜を揺らす。

「殿。こちらでしたか。危急のことでございます」

人影が目の前に現れた。地響きのような声は次第に大きくなっていく。それは戦場特有の掛け声であり、鬨の声であり、悲鳴であった。

「毛利方の兵がこの城に……」

夜間、不意に目が覚めた。夜明けが近いのか、木窓の外は僅かに明るい。

「また、あの夢か」

首を動かすと、じっとりと濡れた衣が重い。

「このところ、あの夢ばかり見る」

溜息は深い。目を閉じ、先程目にしたはずの夢の中の光景を思い返そうとしたが、まるで霞の向こう側の景色のように思い出すことができない。己にとって戦場は日常であり夢と現実の境界は曖昧で、何度も同じ夢を見ているという直感はあるのだが具体的な光景についてはまるで思い出すことができない。

夜気に冷たい草履を引っかけて小屋を出る。周囲には遮るものがなく、特有の強い風が汗に濡れた服を撫でるように抜けていく。備えられた木柵に近づき手を触れる。その先には小高い丘から見下ろす光景が、鹿野城下の光景が広がる。

「結局はこれが我が家の宿命か。この難事を超えてゆけと……」

鹿野城の周囲には軍旗が林立している。一文字三星、すなわち毛利の旗だ。万を超える兵が鹿野城を取り囲んでいる。

天正八年（一五八〇）十月、因幡国は鹿野城。亀井茲矩（これのり）は羽柴秀吉旗下で働き、今は鹿野城の守備を任されている。そして現在、因幡国は織田対毛利の戦の最前線であった。

「一城の主と言えば聞こえはいいが、ていのいい捨て石か」

羽柴秀吉率いる織田軍団は、拠点としている姫路に引き上げたばかりだ。その隙を突いて毛利方の活動が活発になっていた。

「だが、それもいい。羽柴殿の援軍はまだ先のこと。父にも鹿介殿にも超えられなかったこの壁を、超えることができねば先はない」

林立する毛利の軍旗。その先には遠く海が見える。鹿野城は内陸の山城である。後背の妙見山はそのまま中国山地の険峻に連なるのだが、海岸までは意外と近い。夜目に輝く水平線を眺めていると、ふと潮の香りが鼻腔をくすぐる。

「必ずやあの海まで、我は手を届かせてみせる」

亀井茲矩は出雲国玉造湯荘の出自であり、元の名を湯新十郎という。永禄九年（一五六六）、尼子家居城の月山富田城の陥落による尼子家の滅亡により主家を失ったが、その後尼子勝久、山中鹿介主従による尼子家再興戦が始まると、元服を済ませた湯新十郎はこれに参加し初陣を飾った。

幾度かの戦陣で山中鹿介に気に入られ、家名の絶えていた亀井家の娘、時子を娶り亀井の姓を名乗ることとなった。合わせて名も変え、亀井茲矩と名乗るようになった。尼子家再興戦は、旧尼子家家臣や反毛利国人衆を巻き込み、出雲、伯耆、因幡において十年間にわたり毛利軍と戦い続けた。巨大な毛利家との戦いで劣勢に追い込まれた尼子家主従は、織田信長を頼ることとした。尼子家再興を約し羽柴秀吉旗下に組み込まれた主従は、織田対毛利の最前線へ立たされることとなった。

天正六年（一五七八）一月、播磨国を攻略した羽柴秀吉は、最前線となる上月城の守備を尼子家主従に任じて姫路へと引き上げた。順調に勢力を拡大する織田軍に激震が走ったのは同年二月のこと。別所長治が毛利家に通じ、織田家に反旗を翻し三木城に籠城したのだった。三木城は京都と有馬を繋ぐ交通の要衝にあり、織田家の中国路侵攻作戦の大きな障害となった。織田軍に圧力を加えるため毛利軍は上月城を包囲、羽柴秀吉は上月城救援のために軍を動かすものの、織田信長から三木城攻略を優先するよう命じられると兵を引き上げた。

少数の兵で孤立する上月城に毛利軍の包囲網を破る手立てはなく、飢えていく城兵を見かねた尼子家主従は毛利家に降伏した。降伏条件は主君尼子勝久の切腹である。捕えられた山中鹿介はしかし、吉田郡山城への護送中に毛利家家臣らによって斬られた。これによって尼子家再興は潰えたのだ。

この時、亀井茲矩は羽柴秀吉の陣中にある。尼子家再興に織田家の協力を得る際、羽柴秀吉は何故か亀井茲矩を気に入り傍に置いていたのだった。これがために亀井茲矩は生き残った。以後、残された尼子家残党は亀井茲矩を頼りに集結し、羽柴秀吉の旗の下で働くこととなった。

そして今、亀井茲矩は対毛利軍の最前線である鹿野城の守備を任されている。

「織田家にとっては都合の良い駒よな」

そう思わぬでもないが、人はともかく武器弾薬、兵糧などを潤沢に用意してもらえるのはありがたい。既に領土を失って久しい尼子家残党にとって、毛利に対抗するにはこれしか方法がない。それが嫌なら手に持つのは槍ではなく鋤であり、郷里に帰り田畑を耕すことだ。

「今更諦めるのは、逝った先人に申し訳ないからな」

同じく鹿野城に詰める多胡重盛や湯内記へはそう言って笑う。笑うことでしか、抵抗を続けることでしか、生き残っていることの後ろめたさや置かれている厳しい現状を吹き飛ばすことはできなかった。

「性懲りもなく我らを囲む毛利軍に我らの力を見せつけてやろうぞ」

おおっ、と城内の兵らが鬨の声を上げて気勢を上げる。鹿野城に籠る兵は二百程。押し寄せる毛利軍の十分の一にも満たない。それでも亀井茲矩には十分な勝算がある。

「鉄砲隊は続けて放て。当たらずとも構わぬが急所を狙えよ。敵軍の動きを止めるよう心掛けよ」

押し寄せる毛利軍は荒波の如き勢いで土塁を上る。だが、坂を登りきる前に柵、荒縄、逆茂木で勢いを削がれ、そこに鉄砲玉が襲い掛かる。鉄砲の数はそう多くない。そこで鉄砲上手を射手に選び、これに鉄砲三丁に玉込め役を二人付けた。一斉射撃ほどの打撃力はないが、常に狙撃されるという状況は、いつ何時、自身に鉛玉が当たるかもしれないという恐怖心を呼び起こす。恐れから身を伏せればそこに石礫(いしつぶて)が襲い掛かる。

「今だ、槍隊は石を降らせ。隠れた毛利兵を燻りだせ」

物陰に隠れた毛利兵も放物線を描き、また急斜面を転がって襲う石礫を避けることはできず、思わず顔をあげる。そこへ的確に銃弾が襲い掛かるのだ。わっ、と声を上げて毛利兵が逃げ出した。

「敵が引いたとて追撃は不要。鉄砲隊と甲隊は警戒を続けよ。乙隊は崩された障害物を修繕せよ。丙隊は敵が落とした物資の回収と石礫を集めておけ。終われば奥に戻り休息して構わぬ。ただし緊張は解くな。いつ毛利兵が攻め寄せるか分からぬのだからな」

今のところ、亀井茲矩の戦略は上手く機能していた。鹿野城は難攻不落の城、とは言えない。元々は志加奴氏によって築かれた城であるが、その後尼子氏の因幡侵攻、さらに続く毛利氏の侵攻の際にも呆気なく落城している。そこで鹿野城を任された茲矩の採った策は鉄砲を活用した徹底した防衛戦と、信頼のおける将兵のみによる背水の陣だ。籠城戦の定石では、攻め手が引けば門を開けて追撃を仕掛けて敵の兵数と士気とを削っていく。援軍が期待できぬ時は特に、包囲している敵兵へ少しでも打撃を与えなければ勝機が無いからだ。だが亀井茲矩は羽柴秀吉の下で戦を経験したことで、戦の質が変わったことを知った。鉄砲の配備率が高まり、さらに土塁や柵、堅堀といった城普請の技術が向上したことで守城側の優位性が高まり、徹底的に防御に集中したほうが落城しにくい。

力攻めでは容易に城が落ちないとなると、攻城の手法は調略や包囲網構築による神経戦、兵糧攻めなどになる。これまでの戦では城を守るのは在地の国人領主が主であり、領国安堵を約せば比較的簡単に調略できた。また、籠城側の家臣に領土を与えるとの約束で主君を裏切るように指嗾することもあった。当初、鹿野城の守備を任されたのは、亀井茲矩の他に因幡国衆の武田源三郎、丹波の赤井五郎、石見の福屋彦太郎であった。因幡に縁がある武田は領国安堵の誘いにかかりやすく、既に織田の領土となっている丹波の赤井は織田家に不満があり、石見の福屋は身一つで織田家を頼っており寄る辺がない。それぞれに毛利からの調略にかかる隙がある。

そこで亀井茲矩は一計を案じた。羽柴秀吉の許可を得て、三将が姫路へ訪問する機会を設けその間に門を閉じ、三将に親しい兵らを追い出したのだ。これにより鹿野城の兵は半減した。兵は減ったが城内に残った者は尼子家残党を中心に、ここより後がない。まさに背水の陣であった。少数だが心内を一つにして臨んだ毛利との戦には皆迷いもなく、茲矩の指揮によく従い城を守り切った。

「よくやった。よく毛利の兵を蹴散らかした。我らの働きに羽柴の殿からお褒めの言葉を頂けるだろう。もちろん、褒美の銭も美酒もな」

城内に笑い声が響く。物見櫓から降りてきた多胡重盛も笑いながら言う。

「毛利の兵は周囲に見当たりませぬ。完全に引き上げた様子ですな」

「ふむ、そろそろ雪の季節も近い。今季の攻略は完全に諦めた、ということかな」

恐らくそうでしょう、と応える多胡重盛は亀井茲矩よりも年長である。多胡氏は石見国邑智の出自であったが毛利の侵攻により領土を奪われ、亀井茲矩の母が多胡氏の家系であったことから、まるで亀井茲矩の家老のように振舞っている。

「羽柴殿との約束、しっかり果たされましたな」

「うむ。これで我らの労苦が減れば良いのだが」


毛利兵の姿が鹿野城下より消えたのち、亀井茲矩は羽柴秀吉に呼ばれ姫路の地にあった。姫路を織田軍中国侵攻軍の拠点と定めたのは今年の一月のことである。城内は織田家の拠点に相応しい城となるよう、未だに普請が続けられていた。

「この度の因幡での戦ぶり、見事であったぞ」

秀吉の言葉に亀井茲矩は神妙な表情のまま、ははっ、と頭を下げた。

「そう気張らずともよい。儂は驚いており、なおに加えて誇りに思うておるのだよ。まだ年若いお主に、最前線の城を一つ任せようというのだからな。だがお主は結果を出して見せた。毛利の攻勢も激しかったにも拘わらずな」

吉川元春が伯耆国に兵を進め、鳥取城の中村春継、森下道誉が織田家を裏切り毛利方に鞍替えした。これによって一度は秀吉が制圧した因幡国は、再び織田の支配を受ける領主と毛利に与する領主とに分かたれた。鳥取城と同様に毛利を慕う国人領主も多く離反が相次ぎ、鹿野城の亀井茲矩は前後に毛利方の城に囲まれた孤城と化していた。

「上月城の件もあるでな。この際一度因幡は諦めて戦線を立て直すべし、という主張も強かったのだ。お主に撤退の命を出したのも、それゆえだ」

「そうだったのですか」

上月城とは、尼子家再興軍の最後の戦いの地だ。尼子勝久の元、山中鹿介らが兵を集めて毛利に対抗した。目標は尼子家のかつての居城、月山富田城を取り戻すことだ。羽柴秀吉は上月城への支援を約していたが、三木城で別所長治が反乱を起こすと上月城支援に廻す兵が不足し、織田信長の命令により支援を打ち切ることとなった。その際、上月城にも撤退の命を持たせた使者を派遣している。その使者が亀井茲矩だった。亀井茲矩が秀吉の意を伝えると、尼子家主従はこれを断った。撤退するには毛利軍の重包囲を突破する必要があったが、その場合の将兵への被害はかなりのものになると予想された。全滅の可能性さえある。尼子家を慕って集まった兵らを死地に向かわせることは、尼子勝久にはできなかった。

　亀井茲矩は羽柴秀吉の下で働いていたが、あくまでも尼子家家臣である。そのまま上月城に留まり、主人と道を共にする選択肢もあったはずだ。だが、茲矩は「秀吉に尼子家主従の言葉を伝えるため」として城を辞去した。茲矩は上月城本丸から周囲を見渡した。播磨と備前の内陸の国境にある上月城は中国山地の山々に囲まれ、いくつかの谷筋が交差する交通の要所であった。その谷筋に、山々の高所に陣取る毛利軍の包囲を眺めつつ、「この城を枕に、最後まで戦いきることは自分にはできない」と感じた。何故そう感じたか、鹿野城を任されたときに理解した。

「だが、お主は儂からの撤退の命を断った」

　目の前の秀吉の言葉で、茲矩は回想を振り払った。

「その件については申し訳なく……」

　よいよい、と手を振って茲矩の言葉を遮った。

「戦は生き物。その場におる者でなければ分からぬことは多い。お主は勝てると判断し、見事勝利したのだからな。お主の判断を責める者はおらぬよ」

勝ったのだからな、と笑いながら付け加える。茲矩にとってはその笑みが怖い。もし城を落とされて逃げ帰ってきたらどのような扱いを受けるか、想像もつかない。

「そこで、お主を呼んだのは他でもない。御屋形様（織田信長）からお言葉を頂いておる。まだ内密の話だがな」

「内密の話、で御座いますか。御屋形様から」

一城を任されたとはいえ、亀井茲矩は織田家という組織の中では新参で末端である。その最上に位置する織田信長とは雲の上の存在であった。そもそも亀井茲矩は正式には織田家の家臣ではない。生唾を飲み込み、その言葉を待った。

「此度の働き、御屋形様もお喜びだ。毛利討伐を成したあかつきには出雲半国をお主に与える、とのことだ」

まさか、と耳にした言葉を疑う。隠しきれなかった驚きの表情を認めて、秀吉は満足げに頷く。

「となれば、お主も正式な織田家家臣に認められる、ということだな。だがここで終わりではないぞ。ここから先も手柄を立てねば、その言葉は簡単に覆る。織田家家臣として働くにはそのあたり、よく覚えておくことだ」

ははっ、と深く頭を下げる。

「そこで今からはこれから先の話だ。お主が鹿野をしっかり守ってくれるならば、来年、儂は鳥取城攻めに専念できる。だが、あの城はなかなかの難物。簡単に攻略できる城ではない」

はい、と茲矩も頷く。先年の因幡制圧戦において、鳥取城に籠る山名豊国を降伏させたのは、厳重な包囲網構築と人質を使って降伏を迫ったためであった。

「織田を裏切った中村らには目に物を見せてやらねばならぬ。だがあの城は力攻めで落とせる城ではない」

「ならば兵糧攻めでありますか」

そうだ、と応えながら秀吉は渋い顔をする。

「だが、三木城のような城攻めは御免だ。何より効率が悪い」

別所長治の反乱から織田軍による三木城攻城戦は一年十箇月にもわたる長期間となった。別所長治は十全な籠城の準備を整え、毛利家からの支援、糧食の補給路も確保していた。力攻めで落とせず、兵糧攻めをするには多くの付城、長大な土塁を築き一つ一つ補給路を潰していく必要があり、降伏させるまでそれほどの期間がかかったのだ。その間、織田家にとっての危地が何度もあった。上月城での悲劇もこれが因だ。城攻めの期間は短ければ短いほどよい。

「このことを考えていた訳ではないが、今、あの国に兵糧は少ない」

秀吉は前年の因幡攻めで米四千石を徴発している。そのうち一千石は鹿野城へ、残りは姫路城へ搬入している。そして茹田による不作がじわじわと効いており、翌年の収穫量も少ないだろう。

「兵糧攻めでできるだけ短期間で落とせるよう、何かもう一つ策を講じたい。お主はこれまで因幡伯耆で戦ってきたであろう。何かよい思案はないものか」

はあ、と茲矩は気の抜けた言葉を返す。秀吉の意図は解るが、そう簡単に使える策を考え付くことはできない。しばし、沈黙が流れた。

まあよい、と秀吉は気まずい沈黙を破る。

「今宵はこの城に逗留して明日にでも戻るがよい。お主は鹿野城の主であるのだからな。それで何でもよい、思いついたことがあれば儂でも黒田官兵衛へでも連絡せよ。使えそうな策があれば、検討したのち実行に移す」

茲矩は改めて姿勢を正すと一礼した。


姫路の城は、伸び盛りの織田家を象徴するように活気に満ちていた。皆精力的に立ち働き、物資も豊富に積み上げられている。その中に茲矩の気を引くものがあった。銀塊だ。

「それは生野銀山から運ばせたものだ。これからの戦は金がかかる。鉄砲に弾薬、兵を集めるにもな」

これまでの織田家領土内には金銀が採掘できる鉱山は無かった。他国を圧倒するほどの経済力を、織田信長は座の支配や関所を廃止し経済活動を促し、手工業者や酒造、流通や市場の開設について寺社勢力から奪い取って得てきたのだ。

「この銀があれば織田家はますます伸びていくことだろう」

誇らしげに秀吉は自慢する。そうでございますね、と応えつつ茲矩の視線は縫い留められたように銀塊から動かない。何故それほどまで気になるのか、自分でも判らない。

「どうだ、気になるなら一度銀山を見てくるがよい。生野は面白い。少しばかり遠回りになるが、鹿野への帰りすがら訪れるのもよいぞ」


生野銀山は但馬国にある。生野の地で銀の採掘が始まったのは近年のことだという。但馬の守護大名、山名祐豊（やまなすけとよ）の代である。山名祐豊は生野銀山の支配を確立するために、生野城の大規模な改修を行っている。さらに織田軍の但馬播磨平定の後に生野銀山の統治を任された羽柴秀吉は、主郭には石垣を築き三層の天守を建てさせた。その城の威容を山下から望み、亀井茲矩は溜息をついた。

「これほどの城があれば、我らの戦も楽だろうに」

織田家の城は、とかく多くの金と人手がかけられている。麓からも見目好いほどのてている。

石垣と天守。軍事のことのみでなく見栄えにさえ気を使い、その地での統治にも役立

「やはり金の力は凄まじい」

驚いたのは城だけではない。その地から溢れんばかりの人々の活気だ。何処にでもありそうなありふれた谷筋の、僅かな平地に掘っ建ての小屋が並ぶ。常ならば川の増水を慮(おもんぱか)り小屋を建てる筈もない河原にまで広がっていた。

「銀の採掘には人手が要ると聞いていたが、まさかこれほどとは」

秀吉殿が面白いと言っていた理由が分かった。老若男女、溢れる人々で混沌とした風景は、それでも一定の規律があるように見える。皆が一つの目標、銀の採掘に向かっているからだろう。間歩に潜るのは危険だ。鉱石を分け、銀を吹き分けるのも大変な労苦だ。その鉱夫たちを支える人々にも並々ならぬ苦労がある。それでも人々は笑顔を見せて立ち働いている。その様子をぼんやりと眺めていた。

「湯殿、湯永綱殿ではありませぬか」

人々の行き交う街路で、背後から父の名を呼ばれ思わず振り返った。目が合ったの

は還暦を過ぎたような老人。茲矩の姿を認め、あっ、と大きく口を開けたまま立ち竦んでいた。

「湯永綱とは我が父の名でありまする」

言って、茲矩は頭を下げる。

「私は亀井茲矩と申す者。して父の名と姿を知るあなた様はどちら様でありましょうか」

しばし呆けたままの老人は、あっ、と再度声をあげて慌てたように深く頭を下げた。

「申し訳ありませぬ。亀井様とはつゆ知らず。えっ、いや、御父上、ですか」

狼狽える老人に、落ち着くように笑って見せる。

「そうだ。湯永綱とは我が父の名だ。その名を知っている貴方は一体どなたか」

大変失礼いたしました、と言って老人は何度も頭を下げる。

「私、以前、大森銀山で働いておりました金吾と申します。その折、沖泊で警固衆を率いておられた湯殿には何度もお会いしておりまして、つい懐かしくお声がけさせていただいて……」

「何だと」

茲矩は驚愕した。ふらりと立ち寄っただけのこの土地で父の名を知る者があり、それが銀山に関わりのある者だったとは。思わず老人に詰め寄ったところで、怯えた老人の前に壮年の男が立ちはだかった。

「御武家様には失礼つかまりました。何事があったか分かりませんが、老い先短い老人の為したこと。平にご容赦しただければ幸いにございます」

「あ、いや」

男は商人らしい出で立ちで申し訳ないと頭を下げつつも、背に老人を庇い茲矩の前に立っている。その毅然とした態度は将兵を束ねる身として感心が持てる。

「これは済まなかった。ご老人を驚かすつもりはなかったのだ」

一歩退がり、自らの心も落ち着かせる。

「ご老人が大森銀山と我が父の事を知っているようで、その話を聞きたかった。それだけなのだ」

「御父上の事、でありますか」

怪訝そうに首を傾げる男に、先の出来事を説明する。亀井茲矩とその父の名を聞いて、男は了解した。

「なるほど、それは私も興味がありますな。もし宜しければ、お話をさせていただく時間がありますでしょうか」

男の提案に頷くと、それでは、と男は茲矩を誘って人気の少ない茶屋へと案内した。三人で長椅子に座り、茶を喫して人心地ついた。

「改めて紹介させていただきます。私、若狭国は今津屋で働いております貞清と申します」

男は商人らしい心安さで名乗る。

「こちらの金吾は博多の神屋に連なる者でございます。永く大森銀山で働いておりましたゆえ、新たに開かれた生野銀山の経営に助言を頂いているところなのです」

「我が家系は出雲国は玉造湯の出自でありますが警固衆を任され、かつては石見国は温泉津へも船をつけておりました。特に、祖父湯惟宗、父永綱の代には尼子本家の信頼も厚く、幾度も石見で戦を行っていたと聞いておりましたが」

ちらと老人の姿を眺め見る。

「実は戦の話は父から幾度も聞いておりましたが、銀山の話題が出たことはなかったのです。それ故に、驚きを隠せなかった訳なのです。恥ずかしながら父の代に警固衆は失ってしまいましたゆえ」

御無礼をいたしました、と改めて頭を下げる。

「よろしいのですよ。それではその頃の話を、いや、私も聞きかじっただけの話ではありますが、させていただきましょう」

貞清と名乗った男はそう断った上で昔語りを始めた。

警固衆とは、船団を操る一味である。船を使って出来ることは何でもやる。荷運びでも、商売でも、戦でも。この時代の商人はすべからく武装商人であり、商船とはすなわち軍船と違いがなかった。

「尼子家が石見国へ進出し大森銀山を手中としたおり、尼子家中で最も強力な警固衆を持つ湯氏が石見に派遣されることは必然だったのでしょう。銀山と尼子本国を繋ぐ海路を守り、運上金である銀を月山富田城まで運ぶのは、湯氏にとって誉であったのでしょう」

湯氏は船を用いて銀山へ米などの生活必需品を運び、そこで精錬された銀を運び出した。それで得た益は、尼子家の財政を潤したものだろう。

「その時代に、金吾殿は亀井様の御父上と懇意にされておられたようです。銀の積出湊は大森銀山の要。その湊を支配しておられたのですから」

しかし、と話は続く。その後に台頭してきた毛利の攻勢を湯永綱は支えきれず、任じられた城は落城し警固衆の大半を失い出雲国へ逃げ戻ったのだと。

貞清の昔語りを聞きながら、茲矩は別のことを考えていた。過去の事よりも未来の事だ。すなわち羽柴秀吉に問われた鳥取城の攻略について。

「貞清殿、貴方はここ生野で何をしておられるのだ」

「そうですね、今津屋は船に載せれる物であれば、何でも商っております。生野へは米や塩、布地や味噌、酒などの生活必需品を運び、代価として銀を他国へ運ぶ、といった形でしょうか。御武家様が求められる鉄砲なども扱いますが、ここ生野では必要ありませぬ」

「鉄砲は毛利家へも売っておるのか」

「毛利へ売ることもあれば、織田や大友へ売ることもございますよ。船さえあれば、何処へでも行けますので」

亀井茲矩は短ならざる時間、目の前の男を見つめて沈思する。老人が属していると いう神屋家は毛利家と繋がっている。その老人と行動を共にする男、今津屋の貞清という者も、毛利と繋がりがあるのではないか。その疑惑を察したのか男は破顔する。

「ああ、毛利家との関りを気にしておられるのですね。大森銀山は確かに毛利に運上金を納めておりますが、その運営は自ら取り仕切っておりますよ。言ってみれば堺のような自由都市のようなもので」

自由都市、と茲矩は小さく繰り替えす。

「ですので、神屋も今津屋も毛利との商売は行いますが、その支配を受けている訳ではありませぬ。今も自由に商売をさせていただいております」

そもそも、と続けてにやりと笑う。

「ここ生野銀山は織田家が支配しており、羽柴殿の意向が強うございます。毛利べったりの商人が立ち入れるものではないでしょう」

それもそうだ、と茲矩は思い直す。この男なれば、秘中の策を相談しても良いかもしれない。一つ、わざとらしく咳ばらいして心を落ち着けた。

「ここでお主に相談がある。我が織田家と毛利との戦についてだ」

茲矩は自分で確認するように、鳥取城の状況や羽柴秀吉の戦略について貞清に説明する。相手が状況を理解したところで、茲矩は一つの策を示す。その策が実現可能かどうか、そしてその策を実現するにあたり、協力してもらえるかどうか。

長い沈黙があった。貞清は顎に手を当てて熟考する。その握っていた手を開くと、姿勢を正して向き合った。

「面白き策にございます。是非とも、私めにも協力させていただきたい」

うむ、と亀井茲矩は頷く。茲矩にとってこれは賭けだ。目の前の男が信頼に足るかどうか。だがこの賭けに負けの目があったとしても、やるべき価値はある。

「仔細は秀吉殿と相談して詰める。何か……」

目の前の男ともう一度会うための口実がないだろうか。そう考えて、先の言葉を思い出した。

「そういえば船で運べるものは何でも商うと言っておったな。というのであれば、何か珍しい商品も扱っておるのか」

「私はあまり他国へは行きませんが、知り合いの商人であれば大陸は明まで行くものがありまする。珍しき陶器や絹といったものを仕入れることはあります」

「ふうむ。例えば、私の妻に土産となるようなものはないか。珍しく、女が喜びそうなものがよい」

　茲矩の妻は時子という。尼子家家臣団の中で名家と誉れ高い亀井家は尼子家滅亡の中で男子を亡くし、断絶していた。亀井家の断絶を惜しまれる中、姉妹が残されていた。そこで勇猛果敢で名高い山中鹿介に姉を嫁がせて亀井家を継がせた。だが、尼子家の中で山中鹿介の重みが増すと山中へと家名を戻し、養女としていた妹を湯新十郎に嫁がせて亀井家を継がせることとなった。若いながらも尼子家復興戦の中で功をあげた湯新十郎は亀井茲矩と名を変え、山中鹿介の義兄弟となったのだった。亀井家は湯家と比べて格式も高く茲矩にとっては格段の出世である。それだけに、名家亀井家で生まれ育った時子には不満が多い。未だ確たる領土さえない茲矩に対し不満を露わにし、なにかと機嫌を取る必要があった。

当然、そういった事情を知らない貞清は、妻を慮る茲矩へ柔らかい笑みを返した。

「奥様へ、ですか。そうですね」

言って、貞清は持っていた包みのなかから小瓶を取り出した。掌にすっぽりと収まるような小瓶。それを茲矩の目の前で蓋を開けて見せる。瓶の中には白色の粉が詰まっていた。

「これは何だ？　塩か」

「いえ、少し手に取って舐めていただくと分かりますよ」

小瓶を手に取り掌に少しだけ零してそれを舐めた。脳天に突き刺さるほどの甘さを舌先に感じた。

「むむっ、これはずいぶんと甘い。ほんの少しの量だというに、頭に突き抜けるような甘さだ。干し柿よりも甘いのではないか」

「これは砂糖というものです。南国は琉球という国で採れます」

「琉球……。聞いたことはないが、どこにある国なのだ」

「博多より遠く、薩摩の南にある島国ですよ。南国だけありとても暑い国です。砂糖はサトウキビから採れますが、暑い国でなければ栽培ができないものなのです」

「ここより暑いとはどのくらい暑いのだ？」

「そうですな、冬がない代わりに夏が三月ほど長いと言えばよいでしょうか」

琉球、ともう一度見たこともない国の名を呼び、想像する。冬がないとはどういう国なのだろうか。じきに因幡には雪が降り積もる。生まれ育った出雲もそうだ。常に冬は雪で難儀し、家屋に閉じ込められ鬱々と過ごすことになる。

「船を使えばその国に行けるのか」

「もちろんですとも。船さえあれば、湊がある国は全て隣国ですよ。遮られる何者も存在しませぬ」

「船があればすべての国は隣国……」

その言葉に酔ったように、茲矩は口ずさむ。父は尼子の警固衆を率いていた。父の代にあった船団を、茲矩は失っている。それを取り返せば海の向こう、まだ見ぬ見知らぬ国へ行くことができる。

その想いに取り込まれように口を閉ざした茲矩を、貞清と金吾は不思議そうに顔を見合わせた。


冬に入ったが、まだ本格的に雪は降っていない。霜が降り銀色に輝く草原に、鹿野城の大手門が開かれていた。その門を潜って大量の米俵が運び出されていた。

「亀井殿、何を為されるのです」

「そうですとも。その兵糧は羽柴殿が籠城戦のために用意されたものですぞ。それを売り払うとは」

亀井茲矩が姫路から鹿野へと帰城した数日後、因幡に商人がやってきた。その商人らの話では、「今年は北陸の国々が凶作となり飢饉が起こっている。そのため米の値上がりが続いていることから高値であっても米を買い入れたい」ということだった。

「お主らも若狭から来た商人の話を聞いたであろう。困っている者がおるのなら、その役に立つのも功徳というもの」

「しかし、殿……兵糧がなくなれば、戦ができなくなります」

「戦など、しばらくは起きぬ。雪に閉ざされる季節に入ったからな。それに」

米俵とは逆に、城内に運び入れる木箱があった。

「あの商人は常値の五割増しの銭で買い入れてくれた。それだけの銭があれば、再び米価が落ち着いたところで新たに買い入れればよいし、鉄砲、弾薬なども仕入れ易くなる」

しかし、と詰め寄る部下たちに茲矩は笑ってみせる。

「なに、全て売り払ったわけじゃない。半分ほどだ」

半分、と口にして部下たちは茲矩に伸ばしかけた手を止めた。羽柴秀吉が鹿野城へ運び入れた兵糧は千石。その半分、五百石を銭に換えたことになる。

「要は戦に勝てばよい。そのためにするべきことは他にもある」

そう言って、茲矩は部下たちを黙らせた。

「鳥取城周囲の地形を調べ上げおけ。羽柴殿は再び鳥取城を包囲することになる。それと特に千代川の地形だ」

千代川とは鳥取城下を流れ、日本海へと流れ込む大川だ。

「陸路を我らが防ぐなら、毛利は海路を進むはず。それを食い止めるには千代川下流を防備する必要がある。河床の深さから支流の流れまで、しかと調べ上げて羽柴の殿にお知らせするのだ」

「いや、しかし、そのあたりは鳥取城の目と鼻の先。危険ではありませぬか」

「それでも手段はあるだろう、考えよ。農夫に化けて調べるのもよいし、流域の漁師を呼んで話を聞いても良い。ともかく戦が始まる前にできることはしておくのだ」

茲矩の一喝に、ははっ、と声を揃えて部下たちは走り去った。


「…………殿！」

「殿！　殿！　どちらにおられますか。危急の事態でございます」

「何事だ、このような深夜に」

「殿。こちらでしたか。危急のことでございます。毛利方の兵がこの城に迫りつつあります」

「毛利の兵だと。やつらは河上松山城を落とすために兵を集めたのではなかったのか」

「一文字三星の旗印が城を囲むように立っております。また、吉川の馬印も」

「おのれ吉川め。尼子と毛利とは和議を結んでいるはず。なにゆえに軍を動かすか。そもそも和議は毛利から提案されたものぞ」

「元就公は謀士であります。和議も福屋への憎悪も敵の策だったのでしょう。ともかくも、殿には兵を集めていただかなければ」

「警固衆と連絡を取れ、城に集めよ」

「既に、湊への路は封鎖されておりまする」

「なれば使えるのは城内の兵のみか。城内におる兵は……」

「五十たらずであります」

「くっ、……仕方あるまい。なればそれでよい。城を出るぞ」

「城を、捨てるのでありますか」

「……」

歯軋りと血の味によって不意に目が覚めた。周囲は昏い。まだ真夜中だ。

「また、あの夢か」

じっとりと濡れた衣が重い。唇を切ったのか、手を当てるとぬるりとした感触が指先を濡らした。目を閉じ、夢の中の光景を思い出そうとした。時々見る、気分の悪くなる夢だ。同じ夢だ、と思うのだが常には目が覚めると同時に内容を忘れている。だが、今日ばかりは夢の中で見、感じたことを覚えていた。

「なぜこのような夢を見るのだ。これは……」

息が荒れていた。深く深呼吸をして目を閉じる。もう一度、夢に見た光景を思い返す。

「これは父の見た光景ではないか」

亀井茲矩は元の名を湯新十郎という。湯家の出自は出雲国玉造湯荘であり、尼子が勢力を拡げるなかで尼子家に臣従するようになっていた。湯家は代々、尼子の警固衆

（水軍）として各地で戦を続けていた。

石見国は大森銀山の活況にともない、大内、尼子、毛利が手を伸ばし、国人領主達が相争う、混沌とした情勢となっていた。大内家の滅亡と毛利家の隆盛は、それまでの大内家による石見国支配体制が揺るぐことに繋がり、これを契機に尼子晴久は大森銀山を領有。山吹城は本城常光に加え雲州の兵も入れ、尼子家が支配することとなった。

この頃、銀山から上がる利益を得るためには銀の積出湊の確保が重要となっていた。銀の採掘、精製、運搬については地方領主や戦国大名は直接関わっていないが、街道に関所を造り、湊や街道を警固することで、山師や商人の信頼を得て運上金を得ていたからだ。当時、銀山街道や積出湊の整備は不十分で、沖泊や鞆ケ浦など風除けが可能な小規模な港がいくつもあった。それらの保護のために尼子家は温泉城の温泉氏を支援するとともに湯氏の警固衆を派遣してこれを護らせていた。これに対し石見国での地盤を固めてきた毛利家は福光城を改修し、石見吉川家の吉川経安を入れた。これが毛利対尼子の石見戦線の最前線となった。永禄三年（一五六〇）のことである。

この勢力図が大きく変わる切っ掛けを作ったのは、毛利旗下にあった福屋氏の離反である。江の川下流域を代々の領地としてその地を治めていた福屋氏は、毛利家の処遇に不満を持ち、尼子家に寝返り福光城を奇襲した。永禄四年（一五六一）十一月のことである。尼子本家からの援軍を加えた八千の兵が福光城を取り囲んだが、福光城城主、吉川経安はこれを守り切った。この後、毛利元就は尼子義久と和議（雲芸和議）を締結。尼子家の介入を排したうえで福屋氏が籠る河上松山城を包囲、落城させた。たかだか六百の兵が籠る河上松山城に、毛利元就自らが率いる一万八千の兵が取り囲んだのだった。永禄五年（一五六二）二月、河上松山城を陥落させた元就は、その大軍を温泉城へと向けた。その先陣に吉川経安、経家親子の姿があった。

毛利軍のその動きに、温泉城を任された湯永綱は対応することができなかった。河上松山城という近隣の城で毛利の兵が動いていたが、雲芸和議は「裏切った福屋氏を元就の私怨で滅ぼすために大軍を動かそうとして結んだのだ」と疑わなかったためだ。元就の奇策に尼子本国からの援軍は間に合わず、温泉城のみならず山吹城も陥落し、大森銀山は毛利家が支配することとなった。

湯永綱の名声は地に落ちたと言ってよい。元就の謀略を見抜けず籠城に耐えることもできず、金の卵ともいえる大森銀山を失う原因を作ったのだから。この後、大森銀山を失った尼子家は凋落の一途となり、永禄九年（一五六六）居城である月山富田城が陥落し、尼子家は滅びた。

湯新十郎はこの時、まだ九歳であり雲州玉造湯荘にいた。尼子家という主家を失った父、湯永綱の憔悴しきった帰郷を覚えている。

「なぜこのような夢を……」

陽が昇るまで眠れぬまま、まんじりと床の中で過ごした亀井茲矩は、重い足取りで部屋の外へ出る。何やら遠く、城内が騒がしい。

「どうした、何かあったのか」

「殿、そちらでしたか」と多胡重盛が駆け寄ってきた。

「危急の話ではありませぬが、毛利の一団が鳥取城へと入城したようです」

鳥取城へか、と茲矩は考える。毛利が陸路を使った形跡は無かったのだから、海路を使って入城したのであろう。これで鳥取城の士気は上がる。やりにくくなるだろう、と思案する。

「鳥取城内の因幡衆は、毛利家から多数の兵を指揮できる有能な将の派遣を要請しておったようです。そして毛利家から派遣され入城したのは、吉川経家とのこと」

「何！　吉川経家だと」

茲矩はまるで悲鳴のような声をあげた。驚いて目を瞬く多胡重盛に構う余裕もない。

「そうか、吉川経家か。そうか、そうだったのか」

あの夢は虫の知らせと言っていいのだろう。それとも父の妄執だろうか。ともかく、湯家にとっての仇敵、吉川が再び目の前に現れたのだった。

「この戦、いよいよ負ける訳にいかなくなった」

尼子家臣団の再興。かつての主君、尼子勝久の望み。義兄、山中鹿介の誓い。父、湯永綱の一念。それらの積み重ねの上に、今の自分がある。負ければ、それら全てが無意味に消え去ってしまう。

主郭から望む光景は朝日に輝いている。連なる山々の先に海が、日本海が見える。

父は警固衆を率い、あの海を存分に奔っていたのだろう。自分も警固衆を手にし、再びあの大海原に漕ぎ出したい。その想いが強くなった。

「いよいよ負ける訳にいかなくなった」

そう繰り返しながら唇を噛み締めた。口中に広がる血の味は、これから耐えるべき難事の先触れであるように思えた。


鹿野城に対する毛利家の攻撃は、雪解け前から始まった。伯耆の兵を率いて吉川元春自らが出陣してきたのだった。

「随分と焦っているようだ」

毛利兵の動きを見て亀井茲矩は吉川元春の意図を把握した。彼は吉川経家が入城した鳥取城を見捨ててはいない、ということを。

「梅雨が明ければ秀吉殿の軍が因幡に現れる。毛利としてはそれまでに羽衣石城、そして鹿野城を落とす必要がある。それでこの攻勢か」

今は多胡重盛が兵の指揮を執っている。毛利兵は少なく、力攻めというよりも圧迫を続けながらの包囲戦、神経戦に近い。だが毛利兵が少ないとはいえ、城門を固く閉ざし寄せ手を防がなければならない。

「予想よりも毛利の攻撃が早ようございましたな。これは兵糧攻めを狙っているのではありませぬか」

湯内記は苦々しく話しかける。鹿野城が若狭の商人に米を売ったことは毛利も知っている。城内に兵糧が少なければ、兵糧攻めで城を落とすまでの時間が短くなる。また、雪解けの後に新たな糧食を鹿野城が確保するのを妨げる意味もあるのだろう。

「羽柴殿の救援まで、兵糧が持ちましょうか」

湯内記の計算では不足している、と判じている。米一石は大人一人が一年に食べる量というが、それは平時の話である。城内に米は五百石、兵は二百であるから余裕はあるように思えるのだが、戦場では体力の消耗が激しく糧食の消費量は増える。しかも、冬期間は雪に閉ざされ外部から食料を調達することができなかった。城内の米はずいぶん減っている。

「糧食の心配は不要だ。お主らはとにもかくにも、城を守る。それだけを考えておればよい」

はい、と不安を抱きながら湯内記は引き下がった。

「殿はあれだけ吉川経家を気にしておられたのに、この消極策は何故だろうか。てっきり、鳥取城攻めの最前線に立つ、とでもおっしゃると思っていたが」

湯内記は首を傾げながら多胡重盛に問いかける。

「殿には殿のお考えがあろう。そもそも、この城の兵は二百に足りぬ。城を守りながら打って出る余裕はなかろう」

「それはそうですが、羽衣石城の南条殿と連携して、敵陣の裏を突くこともできるでしょう。守ってばかりでは勝てますまい」

「殿は羽柴殿の救援を待っておられるのでしょう」

「そう、その羽柴殿が不安なのです。かつて上月城の戦で、我ら尼子家は見捨てられました。同じことが起こらぬとは限らぬ」

「それを言っても始まらないでしょう。そもそも我らの決起自体が、織田家の支援がなければ成立しないのですから」

「では、その織田家から支援された兵糧を銭に換えた殿は何を考えておられるのか」

蔵の中の米俵は確実に減っていた。このまま籠城が続けば、数箇月のうちに無くなるだろう。それまでに羽柴秀吉の救援がなければ落城は必至である。

連日のように吉川元春の攻撃は続く。さらに雪が解けると出雲や石見からの兵も加わり、激しく城に攻め立てるようになった。その間、鹿野城は一度も門を開けず、亀のようにじっと城内に籠るばかりだった。城内の物資は、火薬や鉛玉、そして兵糧は目に見えて減っていった。兵糧を売り払ったがために兵糧攻めで落城したのならば、いい笑いものだ。

そして皐月が過ぎ、梅雨に入り雨が続く。それによって毛利軍の攻勢が緩み一息ついたころ、羽柴秀吉より書状が届いた。

「六月の末に鳥取城討伐に軍を発する、とのことだ」

腹心の将を主郭に集めて亀井茲矩は書状を披露する。

「今しばらくの辛抱だ。梅雨明けまで毛利の攻撃を耐えれば我らの勝ちだ」

「それはようございました。しかし」

湯内記は続いて懸念を上申する。

「しかし、殿は羽柴殿から頂いた兵糧を売り払いました。そのことは、責めを受けないのでしょうか」

湯内記は亀井茲矩の親族である。であるからこそ、他の家臣が言いにくい事を率直に発言することを自らに課している。その心意気を知っている茲矩は鷹揚に頷く。

「そうか。そうだな。そろそろ皆にも知らせても良かろう。此度の戦は我が策の手の内にあったということを」

「策、でございますか」

集まった一同は、怪訝な顔つきで茲矩を見つめる。

「我は若狭から来た商人に米を売った。だが、兵糧不足を理由に兵への配給を減らしたか」

湯内記と多胡重盛は互いの顔を見合わせ、籠城中は常に十分な食料の配給があったことを確認した。

「毛利方の兵はいよいよ増しておる。だが、攻め寄せる兵に対し補給が十分でない。

因幡も伯耆も米が不足しておるからの。腹の減った兵など幾らも恐ろしくない」

事実、吉川元春は伯耆、出雲、石見から兵を集めて鹿野城と羽衣石城に攻め寄せているが、互いに落城の気配を見せない。兵は集まったが、兵糧が足りていなかった。伯耆で現地調達もできず長期遠征の上に飢えた兵は弱兵で、十分な食を得て勢威溢れる鹿野の兵を突破するだけの力を持ち合わせていなかった。

「しかし、それでは我が陣の方も」

城内の兵に食を行き渡らせるために、食料は底を突きつつあるのではないか。首を捻る将らに茲矩は呵々と笑ってみせる。

「では、皆ついてくるがよい。種明かしをしてやろう」

言って、亀井茲矩は歩き出す。不審げに続く家臣と共に、茲矩は食糧庫として使っている三の丸の蔵へと歩を進める。以前は高く積まれていた米俵が、今は数個にまで減っていた。米俵が積んであった場所には、下敷きとしていた筵だけが寒々と広がっている。残された米の量は、あと半月とはいえ羽柴秀吉の援軍が来るまで持ちそうにない。

「殿、これは」

湯内記も多胡重盛も、近頃は毛利の攻勢が激しく、蔵の中にまで目を届かせる余裕がなかった。それゆえに驚きを隠せない。亀井茲矩は皆の不審を知っていながら、歩みを進める。

「しかと見よ。我が若狭の商人に売り払ったものはこれだ」

おもむろに亀井茲矩は腰に提げた刀を抜き俵を斬り付けた。あっ、と驚く間もなく、斬撃によって切り裂かれた俵からは玄米よりもさらに色の濃い粒が零れ出た。

「これは米ではない。土、ですか」

湯内記は今もざらざらと音を立てて零れ出る土を手にして確認する。予想外の出来事に、皆、唖然としている。

「そう、これは米俵ならぬ土俵だ。若狭の商人に売ったものはこれだ」

「そ、それは……」

目の当たりにした事実に、様々な考えが浮かぶ。最初にあった米俵はどこへいったのか、このことを羽柴殿は知っているのか、あの商人を騙したことになるのではないか。そういった疑問をよそに、茲矩は刀の切っ先を筵に引っかけて引き剥がす。筵の下には板が渡してあった。板を外すと掘られた穴の中に大量の叺が詰まっている。

「そしてこれが、お主らが心配していたものだ」

藁で編まれた叺を引き出し封を開けると、その中には見慣れた玄米の赤茶けた色が詰まっていた。

「それは米、ではありませぬか。これは一体どういうことで」

茲矩は不敵に笑む。

「若狭の商人に売ったのは土俵。実際にはこのとおり、米は売っておらぬ」

「それではあの商人を騙した、ということですか」

言った多胡重盛自身も驚きを隠せない。騙された商人は当然として、約を違えたという者に対して、今後商品を売り買いしてもらえるものだろうか。亀井茲矩本人の、そして織田家家臣としての信頼を失うのでは。

「その心配は不要だ」

茲矩は言って、土俵の切り裂いた隙間に手を突っ込み何かを取り出す。小さな皮袋。

その袋を開くとジャラジャラと銭が零れ出る。立て続けの出来事に、多胡らは理解できずついていけない。

「この銭は？」

「土俵の対価だ」

「土俵の対価？　とは」

文字どおりの意味だ、と茲矩は応える。

「この銭は全ての土俵に入れてある。米代として商人から受け取った代価の二割増しの銭だ。これを土俵と共に商人へ渡していることになる」

「それは一体……どういう」

「この策は鳥取城内の米を吐き出させることが目的だったのだ。それは羽柴殿の目的、すなわち鳥取城を兵糧攻めするために必要なこと」

「そう、か。なるほど」

茲矩の断片的な説明を最初に理解したのは多胡重盛だった。

「ここ鹿野城で米を売った後、鳥取城でも米を売ったという話を聞きました。若狭の商人があちこちに声を掛けていたと。そして鹿野で織田方が米を売ったのだから、鳥取の毛利方も釣られて米を売ったのだと」

「しかし、鹿野城では実際には米を売っていない。売ったのは土俵。城内の兵糧が減ったのは鳥取城のみ、ということですか」

そうだ、と茲矩は頷く。

「堅固な鳥取城を落とすのに、羽柴殿は兵糧攻めを考えておられる。しかし、兵糧攻めは時間がかかりすぎる。そこで少しでも攻城の時を短くするための策が必要だったのだ」

このことは羽柴殿も了解のこと、と付け足す。

「そして商人への心配も無用だ。米代として貰った銭に上乗せした分の銭を土俵には入れてあるのだから。言ってみれば、手間賃と口止め料といったところか。予め、あの商人には話が通してあったのだ」

ははぁ、と安堵の吐息が漏れる。

「そのような大事、我らにも教えておいて頂ければ。そう、鳥取城が米を売った後、すぐに教えて頂ければよかったですのに」

「敵を騙すにはまず味方から、と言うではないか。それに鹿野城内に米がないという情報は、守城の役にも立つ。鹿野城を攻める毛利軍の動きは精彩を欠いていただろう。力攻めで兵を失うよりも兵糧攻めで落とせると踏んだからだ。無理に包囲を続けるのもそれが因。そう思わせる為には、お主らの必死な様子も必要だったからな」

「それはそう、かもしれませんが」

湯内記はもはや言葉を続けるだけの気力も失っていた。

「その後も、鳥取城は兵糧の調達ができておらぬ。羽柴殿が城を囲めばこちらの勝利は疑いない」

もちろん、と言って亀井茲矩は部下達を見渡す。

「油断は大敵だ。これからもお主らの力添えを必要としている。しかと励めよ」

ははっ、と声を揃えて尼子の旧臣らは頭を垂れた。

「ようここまでやってくれたな」

天正九年（一五八一）七月十二日、羽柴秀吉が軍を率いて因幡に進出、鳥取城東北の高山に着陣した。この陣は後に太閤ケ平と呼ばれることとなる。

「もはや袋の鼠。城内から打って出ることもあるまい」

鳥取城の包囲網が整ったところで、亀井茲矩は羽柴秀吉の陣を訪れていた。

「お主が鹿野を守り続けていたおかげだ。兵も無駄に減らさずに済む」

「それもこれも、秀吉様の御支援のお蔭でございます。それに」

太閤ケ平からは鳥取城の主郭を眺め見ることができる。その城内は大きな混乱に陥っていることだろう。

「まさか、付近の百姓を追い立てて城に追い込み、城内に人を増やすとは考えつきませんでした」

「それは黒田官兵衛の策よ。これであの城には四千人が籠ることとなった」

四千、という数に驚きを隠せない。元々鳥取城には千八百の兵がいた。それがいざ籠城となったら二倍に増えたのだ。

「それはまた、兵糧方の苦難が目に見えるようですな」

籠城戦における兵糧の管理は気苦労が絶えない。敵がいつまで包囲を続けるか分からない以上、備蓄の兵糧が少なければ配分を減らす必要がある。だが、食べ物が少なければ兵からの不満は噴出し、腹が減れば力もでない。その見極めが難しい。

「お主のお蔭もあり城内の兵糧も減ったでな。城下周囲の地形の下調べも苦労であった。早々に陣立てができ、城内からの手出しもなかった。この分なら雪が降る前に城は落ちるだろうて。御屋形様も喜ばれることだろう」

そうそう、と秀吉は傍小姓を呼び用意させていたものを受け取った。

「御屋形様からお主に書状が届いておる」

「御屋形様、からでございますか」

押し抱くように書状を受け取り、封を開ける。

「此度の主の働きに、殿はことのほかお喜びだ。以前に話したことがあったな。毛利を討伐したあかつきには、出雲半国お主に預けると」

「はい、確かに」

「殿は口約束ではなく、書状に認めてなさった。それがどういう意味か」

まさか、と茲矩は書状を確かめる。確かに出雲半国の文字と織田信長の花押がある。

「近々、御屋形様御自身がご出陣いただくことになるだろう。毛利討伐の最終仕上げだ。それも遠い話ではないぞ」

茲矩は身の震えが止まらなかった。あれほど切望していた故国の回復が、いつの間にかすぐ目の前にある。これまでの途方もない労苦が、遂に報われるのだ。

「そのためにも、先ずは鳥取城だ。ここを落とせば山陰道も目途が立つ。毛利との決戦の刻はすぐそこだ」

そうだ、と茲矩も改まる。あの鳥取城には吉川経家がいる。あの者を倒してこそ、父の雪辱を果たすことになり、そのうえで故国を取り返すのだ。

「こうなっては吉川元春の攻勢も強まることだろうて。鹿野の守りは茲矩に任せるからな。羽衣石と鹿野が落ちれば鳥取城の包囲も解かねばならなくなる。あと少し、お主には踏ん張ってもらわねばならぬ」

承知いたしました、と頭を下げて亀井茲矩は羽柴秀吉の下を退出した。

「鉄砲隊は続けて放て！　敵に付け入る隙を見せるな」

鹿野城へ押し寄せる毛利兵の勢いが増していた。連日のように城下に詰め寄り、鉄砲を放ち、足軽たちが城へと詰め寄る。亀井茲矩は敵兵の動きを観察しつつ、陽の傾きで時刻を確認する。

「鉄砲隊、甲隊は乙隊と交代せよ。甲隊は奥へ戻りしばし身体を休めよ。怪我した者は手当てを十分にな。乙隊は敵を近づけさせるな。続けて放て！」

羽柴秀吉が鳥取城下に迫ったことにより、鹿野城での戦いも一変していた。吉川元春は兵糧攻めを諦めたらしく、城下に迫った毛利軍の連日の力攻めである。しかし、鹿野城には羽柴本陣からの支援物資が届き、鉄砲の数も弾薬も十分に増えた。これによって鉄砲隊を二つに分け、交代しながら絶やさずに撃ち続けることが可能となった。

「毛利を近づけさせるな。敵は焦っている。力任せの強行などで我らの城は落ちぬと知らしめてやるがよい」

茲矩の指示に兵らが応え、おおっ、と歓声が沸き上がった。

亀井茲矩は織田家の元で戦の仕方を覚えた。いや、戦の仕方というよりも、戦が変わったことを知ったのだ。織田信長は早くから鉄砲の導入を進め、その戦術を高めてきた。それに合わせて、兵の確保をこれまでの大名のように農村から農民を徴集する方法でなく、金で雇う傭兵へと変えてきた。この時代の鉄砲は火縄銃であり、取り扱いは難しかった。常に火縄を消さぬように気遣う必要があり、手順を間違えれば暴発で自らの命さえ危うくなる武器だ。慣れれば農民兵でも扱うことは可能だが、やはり扱いに習熟した人間が扱う方が良い。織田信長は農民を集めた兵ではなく、銭で人を雇い兵としていた。いわゆる兵農分離で、常備兵の誕生である。これによって鉄砲の扱いに習熟した兵団、鉄砲隊が組織できることになった。

「我ら尼子家残党も銭で織田に雇われているようなものだからな」

茲矩は酒の席でそう言って笑ったことがある。傭兵と言えば聞こえはいいが、実態は食い詰めた浪人集団であり、一歩間違えれば夜盗集団と違いがない時代もあった。

「この城を守りきれば、故郷、出雲の地に戻れるのだ。皆の者、労を惜しむな、功を積め。憎き毛利をこの地より追い出すのだ」

茲矩は兵を鼓舞する。鹿野城内の全ての将兵が、織田信長の書状の事を知っている。

これ以上、士気を上げるのに効果的なものがあるだろうか。

「我らの希望の地はすぐそこにあるぞ！」

それは偽りのない亀井茲矩自身の希望であった。


亀井茲矩は鹿野城を守り切ってみせた。

鳥取城から羽柴秀長の元へ降伏の使者が来たのは十月の初めのことだった。吉川経家と羽柴秀吉とで幾つかの交渉があり、開城は十月二十五日と決まった。秀吉から使いがあり、開城に同席するように指示があった。

待ちに待ったその報告を耳にし、亀井茲矩は喜びの声をあげた。

「おめでとうございます。遂にやりましたな」

多胡重盛ら鹿野城内の将兵から歓声が沸き上がった。

「うむ。皆の者もこれまでよくやってくれた」

「ようやく、我ら尼子家家臣も報われまする」

そうだな、と言って笑う。実際にはまだまだ毛利との戦は続くが、今の晴れやかな空気を損なう必要はない。

「羽柴殿からお呼びがかかったゆえ、今から鳥取城まで行ってくる。ここしばらく毛利は攻め寄せてこないが、警戒だけは怠るなよ」

ははっ、と威勢のいい返事を背に受けて、亀井茲矩は羽柴秀吉の下へと向かった。首実検を執り行うと書状にはあり、城下は戦勝気分で湧き上がっていることだろうと想像しながら足を向けた。

だが、山上に聳える鳥取城が視界に入った頃、織田方の陣に違和感があった。戦勝に浮かれたような騒ぎ声は聞こえず、どこか異様な雰囲気が漂っている。

陣の中央には大鍋が設えられている。籠城兵らに振舞うためであろう粥が大量に炊かれており、旨そうな匂いが漂っている。しかし、その周囲に群がるように集まった人々は苦悶の表情を浮かべて地面をのたうっていた。彼らはほとんど骨と皮だけに痩せ細り、下腹だけがでっぷりと膨れている。まるで餓鬼の如き姿だ。その痩人らが、手には椀と箸を握ったまま地べたを転がっている。零(こぼ)れた粥が地面を汚し、弱々しい呻き声が城下を埋めていた。まるで地獄の光景である。

「これは一体、どうしたことか」

茲矩は彼らから距離を取りつつ、迂回しながら秀吉の本陣へと向かった。その異様な光景に近付きたくなかったからだ。その途中、見知った顔を見つけて声を掛ける。

「堀尾吉晴殿ではありませぬか」

「おう、亀井殿か。亀井殿も苦労であったな。少数の兵で毛利軍を食い止めた功績は大きい。殿もお喜びだ」

堀尾吉晴の賛辞を素直に受け取ることはできなかった。織田家家中において諸将は皆、競争相手になるのだから。

「それはともかく、この光景は一体」

「う、うむ。それなのだが、儂にもよくわからん。何故このようなことになってしまったのか」

堀尾吉晴は鳥取城内の飢えた兵と百姓への対応を任されていた。誰が考えても、彼らが欲しているのは食べ物であろう。しばらくまともな物を食べておらぬならば、胃に優しい粥が良かろうと大鍋を並べて準備した。城が解放されて弱々しい足取りで大手門を潜った人々は、粥の匂いに引き寄せられるように群がった。準備した椀を奪い取るようにして粥を手にした人々は、一心不乱に掻き込んだ。旨い、旨いと涙を流しながら食う姿は、堀尾吉晴にとっても微笑ましい光景であった。だが半刻もしないうちに事態は一変した。突然、腹を抑えて苦しむ人々、呻き、もがき、息も荒く乱れていく。堀尾吉晴は、いやその場にいた誰もが理解できなかった。ただ粥を食べただけ。当然、毒なども入れていない。何故彼らが苦しんでいるか、誰も理解できない。やがて息を引き取る者が出始めた。

「苦しむ者らを目の前にしても、何が原因か一向に分からぬ。苦しむ者の背を摩り、水を口に運ぶのが精一杯だ。今、医者を呼びにやらせているが何時になることか。お主はこういったこと、何か対策を知らぬか」

堀尾吉晴の説明に、茲矩は首を振る。

「そのようなことが……」

ありう得るのだろうか、と疑う。だが粥に毒を混ぜるような必要が織田軍にはない。長期の飢餓に耐えながら、ようやくありつけた飯を食って苦しむ人々の姿をもう一度目する。まるで餓鬼道だ。常に飢えと渇きに苦しみ、食物を手に取ると火に変わり、決して満たされることがないという。己が歩いてきた道も、その先行きも、このような地獄であることに違いはないのか。ふとその道行を思い浮かべて、目を逸らした。

亀井茲矩は苦しむ者達に向けて差し伸べる手を持たない。堀尾吉晴の前を辞し、羽柴秀吉本陣へと足を向けた。

「おお、ようきた」

羽柴秀吉の声にも生気がない。だが、茲矩の姿を認めて大きく笑ってみせた。

「鳥取の戦も大勝利だ。それもこれも、お主が鹿野を守りきったからだ。御屋形様もお喜びのことだろう」

ようやった、ようやった、とまるで自分の事のように喜ぶ。空元気も元気というが、秀吉から受ける賞賛に茲矩にも笑顔が戻る。

「いえ、羽柴殿からの支援、後ろ盾があってこそ成しえたことでございます。まこと、ありがとうございました」

そう言って頭を下げると、よいよい、と秀吉は手を振って応える。

「そうだったな、お主には首実検に同席してもらう手筈であったな」

城下の様子は気になったが、ともかく予定していたとおり首実検が始まった。秀吉の家臣等が居並ぶその末席に腰を落ち着ける。秀吉の弟であり毛利方の丸山城を包囲していた羽柴秀長。鳥取城の西方、千代川の対岸に陣を張っていた浅野長政。南方を抑えていた堀尾吉晴。但馬水軍を率いて毛利水軍を破った松井康之といった将らが並んでいる。

首実検とは戦場で将兵が討ち取った敵方の首級を改め、配下の戦功を詮議して賞する場である。今回の鳥取城攻城戦では兵糧攻めで敵は降伏したため、敵将の首を討ち取った将兵はいない。それでも戦の区切りとしての首実検は必要であった。

吉川経家、中村春続、森下道誉といった毛利諸将の首だけが戸板の上に並んでいる。これまでにほとんど勝ち戦に縁のなかった亀井茲矩にとっては奇妙な光景と感じた。それぞれに穏やかな顔つきの首だけが並んでいる。

小姓が敵将の名前を呼び首級を改める。吉川経家の名が呼ばれ、丁寧に清められた首がそこにあった。穏やかな顔つき。どうして、と思う。生きている人々はこれほどまでに苦しんでいるのに、冥府へと向かった男の顔が安らぎに満ちているように思える。

　これまで父親の雪辱を果たすため、吉川経家に恨みを抱き、武技、体力、知略の全てを費やして戦を進めてきた。生死の境のような戦場を何度も潜り抜けた。そうして自分は生き残り、吉川経家は死んだ。その事実に、意外にも冷静な自分があった。一つの目的を達成したことに歓喜する自分を想像していたのだが。

「お主はここで死して幸せだったのかもしれぬ」

　心の中で吉川経家へ呼びかける。

「織田と毛利、二大勢力の鬩ぎ合いの中、これほどの兵が集まる戦場でその幕を降ろすために命を落とす。美談やも知れぬ。お主はお主の命を掛けて城に籠った兵と民を助けたのだろう」

　茲矩はしばし瞑目する。

「だが、その結果はあの地獄だ」

　先に見た鳥取城下の光景を思い出す。籠城の中飢餓に苦しみぬいた果てに、粥を口にして死にゆく人々。そこで何が起こったのか茲矩には理解できない。それでも吉川経家が守ろうとした城兵を、結果的に彼は守ることができなかった。そしてその事実を知らぬままこの世を去ったのだ。

「お主を蔑むことも、同情することも俺にはできぬ。お主の今の姿は、ひとつ間違えれば俺がそうなっていたかもしれないのだから」

ただ黙して頭を下げた。

極限の飢餓状態にある者が食料を口にすることで死に至ることがある。これをリフィーディング症候群という。鳥取城で起こったことはこれだった。

リフィーディング症候群とは慢性的な栄養不足状態が続いている人に対して積極的な栄養補給を行うことで発症する代謝合併症の総称である。飢餓が続くと体内のたんぱく質や脂肪が分解され、ミネラルや微量元素が不足した状態になる。このとき大量の糖質やアミノ酸を摂取すると、体内の電解質が低下し致死的な症状が出るというものである。現代でも極度の減量やダイエットを行った後に、症状の大小はあるが発症することがある。

ともあれ、後味の悪い結末ではあったが鳥取城での攻防は終わった。後にこの戦いは『鳥取城の餓え殺し』と呼ばれることとなる。

吉川経家の訃報を聞いた吉川元春は経家の死を悔やむとともに、羽柴秀吉との決戦を望んだ。だが羽柴秀吉は冬が近づくこの季節に戦巧者と言われる吉川元春と対峙することを好まず、羽衣石城へ物資を補給すると直ちに姫路へと引き上げた。

論功行賞により、鳥取城は宮部継潤に与えられた。亀井茲矩は気多郡を与えられることとなった。石高は一万三千五百石である。これまでと同じ鹿野城、そしてこれまでと同様に織田毛利戦線の最前線を任されることになるのだが、待遇は天と地との違いがある。これまでは秀吉に雇われている傭兵に過ぎなかったのが、ついに織田家の家臣として認められたようなものなのだから。当然、今後は領主として気多の地を治めねばならぬし、兵も自ら集めて織田家のために働き続ける必要がある。それでも夢にまで見た一国一城の主、そして大出世である。この時、亀井茲矩はまだ二十四歳なのである。

　茲矩は姫路から妻の時子を呼び寄せて、鹿野城にて祝宴を開いた。旧尼子家家臣として毛利と戦い続け、ついに所領を得ることができたのだ。それが本国出雲から遠い因幡の地であっても、皆の喜びも一入であった。多胡重盛は酒を飲んでは涙を流し、湯内記は大声で苦楽を共にした者たちの名を呼んでは酒を配っていた。妻、時子の機嫌もすこぶる良い。尼子家臣団の中でも名家である亀井家に生まれ、これまでの人生は凋落の一途だった。それがついに城持ちの領主へと返り咲いたのだ。茲矩にピタリと寄り添い、酌をしてよく笑った。


　翌天正十年（一五八二）三月、羽柴秀吉は姫路から三万の軍を発した。目指す目標は山陽側の毛利の拠点となっている備中高松城である。これに対し、吉川元春は伯耆を離れて備後へと向かった。同時に伯耆にあった大兵力のほとんどを備中に廻し、織田軍の動きに備えることとした。

　五月、秀吉は人々を驚かせる城攻めを開始する。高松城は元々沼城とも呼ばれるほど低湿地に囲まれた平城であり、騎馬や鉄砲に対して強固な防備を誇っていた。攻めあぐねた秀吉は、周囲に長大な堤防を築き、折しも梅雨の長雨もあり、高松城の周囲を泥沼の広大な池へと変貌させた。水攻めである。

高松城主将、清水完治は空前規模の水攻めに驚愕したと言ってよい。城は孤島と化し、城内に船の準備などない。外部との連絡の全てを遮断されたのだ。この危機を知り、毛利輝元、吉川元春、小早川隆景は一万の兵を率いて救援へと赴いた。だが毛利の軍兵は織田軍に決戦を挑むほど十分な数が揃えられなかった。完全に孤立した高松城の東西に、羽柴秀吉と毛利輝元の軍は対峙するも双方決め手もなく、じりじりと清水完治ら籠城兵は追い詰められていった。

その頃、亀井茲矩は因幡国の鹿野城にいた。織田対毛利の戦の中心は山陽へと移ったが、鹿野城が毛利との最前線に位置する事に変わりはない。毛利の攻め手がなくとも、亀井茲矩には鹿野城を死守する義務があった。

「静かですな」

多胡重盛の言葉に、ああ、と茲矩は応えた。

「羽柴殿は山陽道へ兵を進めた。さらに御屋形様へ出征を願い出たという。毛利も吉川元春、小早川隆景のみでなく、当主である毛利輝元も出陣していると聞く。決戦の刻は近いな」

その決戦の場に、亀井茲矩らは参加していない。この時期、毛利も織田も、意識は山陽方面に向けられており、山陰道に位置する鹿野城は静かなものである。

「しかし、その戦に赴かねば手柄を立てる機会もありませぬな」

それはそうだ、と茲矩は思う。これまで尼子家再興のために東奔西走し常に戦の中にあった。戦がないことは良いがその反面、物足りなさも感じる。

「そうだな。まだ出雲に帰りついた訳ではない。毛利との戦も続くだろう。今は力を溜め次の戦に備えるときだ」

茲矩は自らに言い聞かせるように部下らを諭す。だが一つの知らせが届き、茲矩は動揺することとなる。

五月も末、高松城を挟んで毛利輝元は羽柴秀吉へ和睦に向けた協議を行っていた。和睦の条件として羽柴秀吉が出した条件は、伯耆、出雲、美作、備中、備後の割譲である。毛利家の領国の約半分という、およそ飲めない条件であった。それが六月に入り急に交渉がまとまった。羽柴秀吉はその条件を、伯耆、備中半国に留め、高松城城主清水完治の切腹にまで緩めたのだ。

　茲矩にとっては青天の霹靂（へきれき）である。六月四日、湖と化した高松城下の船の上で清水完治は腹を切り、織田と毛利の和睦が成立した。羽柴秀吉はこれを見届けると、速やかに姫路城へと帰還した。

「なぜそのような約を……、羽柴殿のお考えとは思えぬ。それでは我らが夢は、出雲に帰るという希望は、どうなるのだ」

　出雲の地に帰ることは尼子旧臣の切なる願いであると同時に、御屋形様の書状にて約されていることだ。それを、家臣である羽柴秀吉の一存で反故にしてよい筈がない。茲矩は茫然としたのも束の間、すぐに馬を仕立てると姫路へと急行した。

「おうおう、よう来たな亀よ」

　秀吉の顔色は冴えない。疲労の色が濃いように見える。日程から考えて高松から姫路までは強行軍であろうが、それ以上の疲れが溜まっているようだ。目の下にクマが見え、おそらく幾らも眠っていないのであろう。それでも快活な声で茲矩を出迎える。

「御無沙汰しておりました。備中での勝利、おめでとうございまする」

茲矩は逸る気持ちを抑えて形どおりに勝利を祝った。その意図を見抜いたかのように秀吉は頭を下げた。

「すまなかった」

それはおおよそ部下に対する姿勢ではなかった。その姿に茲矩は驚きを隠せず、言葉を失した。

「お主には出雲半国を与えるという御屋形様の書状がある。この度の毛利との盟約は、その約を破ることとなった。申し訳なく思うておる」

茲矩には言葉もない。常に陽気で、配下にも気軽に声をかける羽柴秀吉とは思えないほど真摯な謝罪だった。だが、その理由を茲矩はすぐに知ることとなる。

「実は御屋形様が亡くなられた」

秀吉が発した言葉を茲矩は理解できなかった。何か言葉を発しようと口を開けたまま、身体が動かない。

「明智光秀が謀反、そう上方より書状が参った」

まさか、と茲矩は思う。明智光秀と言えば織田家中において並ぶものなき重臣であり、御屋形様の信頼も厚かったと聞く。なぜ、と少しだけ唇が動いた。

「訳など分からぬ。明智殿が何を考えているかなど。だが、事実は事実だ。御屋形様は、京は本能寺に宿泊したおり、明智勢に強襲され自害為された」

天正十年（一五八二）六月二日、いわゆる本能寺の変である。

「我らはそれに応じて動かねばならぬ」

すなわち、と一度言葉を切ってから秀吉は続ける。

「謀反人である明智光秀を討たねばならぬ。それができなければ織田家は滅ぶ。それ故の毛利との和睦よ」

ようやく衝撃に思考が追いついた。御屋形様、織田信長が討たれた。あれほど人心を集め、精力的に治世を行った人物を茲矩は知らない。その織田信長が死んだ。今、この時が我らの生き死にの分かれ目でもある。京の明智と西の毛利、これらに連携され挟撃されれば、羽柴秀吉の率いる軍団は壊滅するだろう。それを防ぐための和睦なのだ。

「では、これより殿は御屋形様の仇討ちに京へ兵を進められるのでありますか」

秀吉は諾、と頷いた。

「であれば、我も手勢を用意いたします。御屋形様の仇討ちに、微力ながら我らも助力いたしたく存じます」

茲矩の提案に、秀吉は否と応える。

「いや、お主は鹿野城の守りを固めよ。確かに毛利との和睦は成った。しかし、それは御屋形様の死を知らぬがゆえだ」

本能寺の一件を知れば、約を違えて毛利勢が織田家領内に兵を進めることもあり得る。それ故、国境の守備を疎かにするわけにはいかない。茲矩は何かを言いかけて、口を閉じた。

「お主には済まぬことをした。御屋形様から出雲半国を与える約を受け取っていたにもかかわらず、儂が勝手に反故にしたのだから。申し訳なく思うておる」

ようやく、秀吉が茲矩に対し低姿勢をとることに合点がいった。そうだ、元々は毛利との和睦条件に出雲国の割譲が入っていないことについて、その真意を問いに来たのだ。

しかるに、と秀吉はどこか楽し気に言葉を続ける。

「儂が天下を治めた際には、お主には出雲とは別の国を与えようと思うておる。この度の詫びじゃ。どこか希望する国はないか」

はぁ、と茲矩はやや間の抜けた言葉を発した。秀吉の突飛な提言に思考がついていかない。そもそも明智の謀反により本軍の進退さえ危ういのだ。それなのに、天下を治めた後の話とは。

「いえ、私は出雲国に返り咲くことのみを考えて生きてきました。今更他の国と言われましても……」

困惑する茲矩に、どこか楽し気に秀吉は続ける。

「まあ、まあ。そう言うな。毛利との約があるでな。出雲は諦めよ。だが他の国であればどこでも用意してやるぞ。因幡で所領を広げてもよいし、京の近くというのもよいではないか。思い切って東国などどうじゃ」

どこでも、という秀吉の言葉を受けて、茲矩の脳裏に浮かんだ言葉があった。「湊があれば全て隣国でございますよ」と。船は白帆をあげて風を受け、颯爽と紺碧の海を奔るその姿。その船の進路は南へと。冬のない国、暖かな日々が続くという風土のまだ見ぬ光景。

「それでは琉球を」

何？　と羽柴秀吉は首を傾げた。

「もう一度申せ」

はっそれでは、と居ずまいを正して一呼吸開けた。

「出雲を頂けぬのであれば、琉球を頂きたいと存じます」

茲矩の予想外の言葉に秀吉は一度は驚くものの、暫しの間をおいてくつくつと笑い出した。何事かと訝しがる茲矩の前で秀吉は笑い続け、やがて声をあげて呵々と大声で笑い出した。

「かっかっかっ。そうか、琉球か、琉球をな。なかなかに面白い。面白い男だなお主は」

ひとしきり笑った後、秀吉は真顔に戻って茲矩を見つめる。唇を綻ばしていた茲矩も、互いに真剣な眼差しで向かい合う。

「よかろう。儂が天下を取った暁にはお主に琉球を与えよう」

言って、秀吉は部屋の隅に控えていた小姓を呼び、扇と筆、硯を用意させた。何を、と思う間もなく、秀吉は扇に筆を走らせる。

「琉球とはなんとも。なかなか書く機会はないわな」

ややぎこちなく筆を走らせる秀吉の手元を見ると、『亀井琉求守殿』と書かれている。

この当時、琉球は日本の領土と認められていない。琉球王国として独立した国家の体をなしており、薩摩の島津や大陸の明と交易を行っていた。したがって、朝廷が与える官職として琉球守などという役職は存在しない。

「琉球守、とは」

亀井茲矩は秀吉が手にした扇の、その文字を見て動揺した。羽柴秀吉からの突然の申し出、それ故に口約束程度で終わるものと考えていた。ところが、まさか官職を与えることまで考えていたとは、想像の外であった。実際に統治する領土と官職名とが一致しないことはよくあることではあるのだが。

「そのようなもの、頂いてよろしいのでしょうか」

よいよい、と言って秀吉は乾かすように扇を振る。そうして茲矩の前に差し出した。

茲矩は有り難く受け取るしかない。

「亀井琉球守か。いい響きではないか」

満足気に秀吉は頷くと、実はな、と声を顰めて茲矩へ語りかける。

「実はな、儂は以前からお主を気に入っておった。若いくせに身を削ってまで働き、苦労を苦労と思わぬところがな。大した後ろ盾を持たず、己の知恵と腕だけを頼りに戦国の世を生き抜いていこうとする、その姿がな」

にやりと笑う。人懐こい笑みだ。

「その姿が儂に似ている。そう思っておったのだ」

秀吉は水飲み百姓の出自、と聞いている。その苦労話は様々に伝わっている。

「そのお主から海外の話が出ようとはな。御屋形様も儂も、いつか日本全国を統一した後には大陸は明へと兵を進めようと考えておったのだ」

「な、なんと。明へ、でありますか」

かっかっかっ、と秀吉の大声が響く。

「まさかお主も海外へ領国を広めようと考えていたとはな。ますます気に入ったわい」

茲矩は秀吉に合わせるように笑ったが、口の端が歪む。琉球への思いは、たった今の思いつきであり、秀吉らの深慮遠謀と並べられれば内心恥ずかしい。

「だが明を、琉球を手にするためには、これからもお主はその力を見せねばならぬ」

わかるな、と念を押されて茲矩は頷く。

「先にも言ったとおり、我らはこれから謀反人明智光秀を討ちにまいる。お主には毛利との国境を固く守ってもらいたい」

はい、と茲矩は姿勢を正して応える。

「では、お主の働き、引き続き期待しておるでな。明日早朝には我らは姫路を発つ。それまで、お主はゆるりとするがよいぞ」

この時の羽柴秀吉の働きぶりを間近に見て、己と秀吉との格の違いを改めて知ることとなった。秀吉は寝る間も惜しみ人に会い、書状を書き、部下に指示を出す。姫路城下の父老や商人、各地に散らばる織田家の家臣らや、公家、大寺の僧侶たち。明智光秀との戦を僅かでも有利に進めるために、打つ手を惜しまない。

蔵にあった米俵が次々に運び出される。京までの強行軍、その間に必要な糧食の準備を街道沿いの民に任せようというのだ。

「戦には何といっても飯が重要だでな。腹が減っては戦はできぬ」

兵よりも先に兵糧を運ぶというのは、織田家が街道の整備を優先し治安を保っているからこそである。

さらに出立前には姫路の蔵にあった金銀を全ての兵に分配した。

「明智との一戦、負ければ金銀など不要。勝てば無尽蔵に手に入る。この程度のものを惜しむ必要があるかの」

兵の士気はいやがうえにも上がった。秀吉は兵の心理にも精通しているし、米や銭といった物資の使い方に思い切りがあり面白い。それが己と秀吉との差なのであろうと、一人納得していた。

これから東では秀吉の戦が、そして西では茲矩の戦が始まるのだ、と思えば身が引き締まった。


日本海の荒波を撥ね退けるようにして奔る船団があった。

「立派な警固衆が整いましたな」

湯内記の言葉を背に聞き、ああ、と感慨深く頷いた。山陰の冬らしく潮の香を含んだ季節風は冷たいが、波は航行に差し支えるほどではない。これからの長い船旅を祝うような珍しく穏やかな気候であった。

文禄元年（一五九二）二月、亀井茲矩は船上の人となっていた。船は安宅船。八十の人手で艪を漕ぎ、百人以上の兵を載せることができる大船である。それが五隻、互いに距離を取りながら西へと進んでいる。

「これで父上も喜んでおることだろう」

ようやくここまで来た、と茲矩は思い返す。あれから様々な出来事があったが、結局、亀井茲矩が出雲国玉造湯荘へ返り咲くことはできなかった。

明智光秀を討つために京へと向かう羽柴秀吉を見送った後、茲矩は鹿野城へ戻り城を固めた。しかし、以後毛利が攻め寄せることはなく、手柄を立てる機会も訪れなかった。

それとは対照的に、羽柴秀吉は山崎の合戦で明智光秀を破ると、清須会議、賤ヶ岳の戦い、小牧長久手の戦いと厳しい政戦を潜り抜けて天下人としての地位を確立していった。そして毛利輝元が正式に羽柴秀吉に臣従したことで、鹿野の地で合戦となることはなくなったのだ。その後、豊臣の姓を貰い受けた秀吉の命で四国平定、九州平定、小田原征伐、奥羽仕置と続き天下統一は成った。これらの戦には亀井茲矩も出征したが、多勢に無勢の戦であり、活躍の場など得られようがなかった。

出雲国へ帰ることはできなかった。それでもこうして、先祖代々受け継ぎ父の代で失った警固衆（水軍）を再建することができたのだ。

「これで少しは琉球守としての体裁も整えられたというものだ」

無意識のうちに、腰に差した扇に触れる。そこにはかつて秀吉から拝領した扇があった。

「しかしこれほどの水軍が向かう先、毛利との戦でないのが残念ですな」

湯内記は心底残念そうに言う。

「それどころか、毛利と肩を並べて外国で戦とは、なんともはや」

「まあ、仕方あるまい」

天下の主、豊臣秀吉の命により唐入り、すなわち朝鮮出兵が命じられた。全国の大名へ対し、所領に応じた兵の動員が命じられた。亀井茲矩が用意したのは安宅船五艘。兵員は千人である。これは一万三千五百石の身代としては過分な軍備である。戦のない時分に内政に励み、財を蓄えたからこそできたものだ。

「あの湊は何という湊か」

海まで山々が迫り切り立った海岸が続くなか、そこにだけ開けた湾と出入りする船とが見えた。

「ああ、あれは温泉津湊でありますよ」

手にした絵図を見ながら湯内記が応える。

「そうか、あれが温泉津か」

感慨深く亀井茲矩は呟く。あの湊が温泉津湊であれば、この近くに温泉城があるはずだ。父、湯永綱が毛利との戦で警固衆を失った温泉城での合戦。それ以前は幾艘もの船を操り、大森銀山の銀を運び尼子の所領へと送っていた。湯家としての輝きし時代。

そしてもう一つ、因幡で戦い鳥取城で散った吉川経家が治めていた福光城も近くにあるはずだ。どちらの城も船上からは見えないが、かつて両者の争いはこの湊を巡って行われていたのだ。

「かつての仇は過去に消え去りし、か」

茲矩の呟きに、どうしました、と湯内記は訊ねる。

「いや、何でもない」

父の遺恨である温泉津湊を目にして、意外に平静な自身があった。父の仇を鳥取城での戦で果たし、今、かつての水軍を手にしているためだろうか。そして今は……、

「吉川の息子は我を恨んでおるのかな」

だとしても、豊臣秀吉の名の下に天下泰平は訪れた。今となっては争う術も理由もない。

陸塊から視線を外し、碧く輝く海を見やる。傾きかけた陽の光が白波に反射して眩しいほど。眩んだ眼に、これまでに出会った人々の顔が浮かぶ。厳しい復興戦を戦い抜いた主君、尼子勝久。山陰の英雄と呼ばれ奮戦を続けた義兄、山中鹿介。主家滅亡により屈辱の中で成す術のなかった父、湯永綱。彼らへの思いは、おそらく吉川経家との厳しい戦いによって昇華されたのであろう。悔しさも惨めさも、それを覆した快哉も、今は感じることはない。

「過去よりも未来を見据えるべきだな」

重要なのはこれから先の、未来への船出だ。

「さあ行くぞ。先ずは名護屋へ。そして次は朝鮮、琉球へじゃ」

大声を上げて行き先を示す。まだ見ぬ世界へ向けて、茲矩は希望を胸に指示を飛ばす。その命を受けたように帆は風を孕んで船は奔っていった。

湯氏と温泉氏と朱印船貿易

湯氏と温泉氏はどちらも「ゆ」氏と呼ばれ戦国時代の石見国において活動していた氏族です。この湯氏と温泉氏、名前が似ているだけでなく非常に混同されやすい氏族なのです。元々これらは別の氏族で、湯氏は本書でも扱ったとおり亀井茲矩の家系であり、近江源氏佐々木五郎義清の後裔といわれ、義清の孫頼清の代に玉造湯荘に入りました。鎌倉時代の文永八年（一二七一）には湯左衛門四郎が佐世郷の地頭に補任された記録があります。対して温泉氏は益田氏の一族と考えられ、文安元年（一四四四）の大内家の命令書にその名が見えます。全く別の氏族であるにもかかわらず、何故同一氏族として混同されたのでしょうか。

一つは官職名です。永禄八年（一五六五）の月山富田城籠城戦に温泉信濃守英永が尼子方として籠城していた記録があり、永禄元年（一五五八）に湯信濃守惟宗が石見国出羽表で尼子方として吉川氏を破ったという記録があります。どちらもほぼ同時期に「信濃守」を名乗り、尼子方の国人領主として活動していたという記録があります。

そしてもう一つは湯氏の凋落の経緯が不明である、ということが考えられます。温泉氏は永禄五年(一五六二)に雲芸和議を一方的に破棄した毛利元就が(河上松山城攻略の後に)温泉城に攻撃を仕掛けたことで居城を奪われ、その力を失います。しかし湯氏は確たる記録もなく、つまり敗北の記録が無いままに凋落していきます。これは何故でしょうか? 合戦において敗北側は己の面子(めんつ)もあり記録に残すことを嫌がります。しかし、勝者側の記録が残っているはずです。湯氏は尼子対毛利の戦線において石見国へ出征する将を任されるほどの戦力がありました。永禄元年(一五五八)の出羽合戦では千人規模の兵を率いて吉川元春と戦をしています。しかし、毛利方の記録で湯氏を撃破したという記録も見当たりません。何故でしょうか。

幾つかの要素からその理由を考えてみます。

まず湯氏の根拠地は宍道湖南岸の玉造湯荘です。この当時、出雲平野を流れる斐伊川の流路は安定せず、神西湖も現在よりも規模が大きかったといいます。島根半島の東西を結ぶ航路としては島根半島の北側、日本海の荒波を渡るよりも、稲佐の浜から神戸川、斐伊川を通って宍道湖、中海を通るのが安全です。宍道湖畔には水軍の城砦が数多く築かれていました。そう考えると玉造湯荘を根拠地とする湯氏の主力は水軍だったのではないでしょうか。

そしてもう一つは亀井茲矩が行った朱印船貿易です。徳川家康が江戸に幕府を開いた後、それまで自由に行われていた南蛮貿易は、幕府の認可が必要な朱印船貿易となりました。鎖国体制がとられるまでの三十年程度の期間ではありましたが、商人や大名らが朱印船貿易に携わりました。朱印船貿易を行った大名は島津忠恒、有馬晴信、細川忠興、加藤清正ら、九州の大名がほとんどの中、亀井茲矩のみが本州から参加してます。また亀井茲矩の領地は三万八千石と小さく、海外貿易を行えるほど大きな船を建造するには力不足といった感が否めません。それでも朱印船貿易を行った理由は亀井茲矩の水軍や交易に対する思い入れの強さによるものだと考えられます。すなわち亀井茲矩父の代までは水軍を率い、交易や物資、兵の輸送といった面で尼子家中において重要な役割を持っていたのではないでしょうか。亀井茲矩は父が失った水軍とその誉を取り戻すために生涯を費やしたのではないでしょうか。

それでは湯氏が水軍を持っていたとして、その勢力を失った記録が無いのは何故でしょうか。

　水軍の合戦はもちろん海上で行われます。当然、その海戦の勝者は敵を打ち破った記録を残します。ただ、海上での戦は陸上での戦とは異なります。それは戦の推移を見守る傍観者が不在であること、城の所有者が代わる（もしくは守り切る）という明確な記録がないことです。逆に言えば、陸上での合戦の推移を隠すのは難しいですが、海上での戦を隠すことは容易なのです。

　その中で、永禄四年（一五六一）の雲芸和議による毛利と尼子の停戦に続く、河上松山城の戦い、毛利元就による一方的な雲芸和議破棄と温泉城攻略、そして本城常光が籠る山吹城の包囲、降伏へと至ります。この一連の推移は毛利側にとって一寸の義もありません。特に温泉城の温泉氏に対する攻撃は不戦協定の一方的な破棄、騙し討ちもいいところです。毛利家としては都合の悪い事実は無視したいところですが、城を奪い取ったという事実は消せません。しかしこの時、同時に海戦も行われていたらどうでしょうか。元々、温泉城は尼子家が大森銀山から産出される銀を搬出する湊、鞆の浦を守るために強化した城なのです。ならば、湊を守るための尼子水軍が在陣していることに不思議はありません。そして毛利軍としても尼子水軍を破ることは今後の戦を優位に進めるために必要でした。したがって雲芸和議による油断をついて尼子水軍、すなわち湯水軍に打撃を与え殲滅することは毛利軍にとって必須となります。そしてこれは海上での合戦です。勝者の側はその推移を闇に葬ることが可能です。毛利軍の卑怯な騙し討ちによる勝利。この事実を記録に残す訳にはいかなかったのではないでしょうか。結果、湯氏の水軍が撃破された事実は記録に残されなかったと考えられます。

こうして湯氏と温泉氏、その両者が同時期に毛利軍に敗れ、しかも湯氏水軍の敗北は記録に残らなかったという事実が、両氏族が混同されるという混乱を招いたのではないでしょうか。

追記

さて、本書では亀井茲矩の活躍は道半場で終わってしまいました。その後の事について紹介しておきます。

名護屋城で豊臣秀吉と対面した亀井茲矩は琉球侵攻を願い出ます。しかしこの時点ですでに琉球王国は島津家を通じて豊臣政権に従っており、亀井茲矩が関わることはできませんでした。ちなみに亀井茲矩は正規の官職としては武蔵守に叙任されています。

軍船を率いて朝鮮出征に赴いた亀井茲矩は、唐浦海戦にて李舜臣（イスンシン）に敗れ、その軍船全てを失ってしまいました。なお、この海戦において亀井茲矩の軍船は鹵獲（ろかく）され、その際に朝鮮側の戦果として『亀井琉求守殿』と書かれた軍扇があったとの記録があります。これらの経緯で、亀井茲矩は豊臣政権から冷遇されることとなります。

関ヶ原の合戦では東軍に属したことで加増され三万八千石の鹿野藩初代藩主となりました。

朱印船貿易に取り組み慶長十五年（一六一〇）までにシャム（タイ）に向けて三回派遣しています。

慶長十七年（一六一二）、亀井茲矩は死去。その嫡子、政矩の代に石見国津和野へ四万三千石に加増転封され、幕末まで家名を残すことになりました。

鹿野城遠景。鹿野城は規模こそ小さいですが交通の要衝にありました

鹿野城下幸盛寺の山中幸盛（山中鹿介）公之墓。亀井茲矩がどれだけ義兄のことを慕っていたか伝わってきます

夢幻如

神屋宗湛　本能寺の変

「十年ぶりになるか」

「はい。そうでございますね」

静謐で瀟洒な茶室。そこに二人の男が向かい合っていた。一人は痩身、上等な絹の衣服を気安く身につけた武人。もう一人は中背で僧衣を身に纏った男。

「正しくは十一年と十月ぶりでございます」

武人の声に、僧形の男が応える。

「ふん、そのような些末なことは知らぬわ」

「私にとっては大事な事でございますゆえ」

二人は黙して笑う。ここは京にある本能寺、その一角に設えられた茶室であった。

懐かしいことです、と小さく呟いて室内を見渡す。

「織田様におかれましては、天下を治められたこと。お慶び申し上げます。その節より十年と少し。これほど早くことを進められるとは思いもよりませんでした」

「ふむ。儂も意外だったの。神屋貞清、いや、今は出家して神屋宗湛と名乗ったか。お主は寺社が嫌いなのだと思うておったが」

茶室で対面する二人は、織田信長と神屋宗湛とであった。以前、神屋宗湛が貞清と名乗っていた頃、ここ本能寺で対面したことがある。

「いえ、寺社を嫌っていた訳ではありませぬ。私の心持は織田様と同じと思うております」

「ふふん、ならばやはり嫌っておるのではないか。儂の寺社嫌いは世に広く伝わっておろう」

織田信長の行った政策の中で、比叡山焼き討ちと石山本願寺合戦は大名と寺社とが争った悲劇として有名である。その他にも、近江百済寺焼き討ち、長島と越前の一向一揆を殲滅、安土宗論と日蓮宗の弾圧、和泉槇尾寺の焼き討ち、高野聖数百名を誅殺、甲斐恵林寺の焼き討ちなど、各地で寺社勢力と争っている。

「いえ、殿が戦った寺社とは、私も諾とするものではありませぬ。それはすなわち金銀に汚く権威を振り回し、人の救いをおざなりにし世相を乱す寺社でございます。もちろん、全ての寺社、僧らがそうとは言えませぬが」

神屋家が難儀していた大森銀山における寺社勢力との対立。それは幾度にもわたる織田軍との争いの中で寺社の力が弱まっていくことで融和を得ることができた。神屋家、神屋宗湛も自由都市大森銀山の成立に向けて表裏関わらず苦心してきたが、それがようやく形になりつつあった。

にやり、と信長は微笑う。

「しかし、僧形というのは便利なものでございますよ。関所でも咎められませぬし、税も免除される。こうして高貴な方々と会うにも難儀がありませぬ。もちろん織田様ほどの方となられれば、その程度の利便は一顧だにされませぬでしょうが」

「ふん、逆に不自由なことも多いわ」

信長は一言で切り捨て、それはそうでございましょう、と宗湛は追従してみせる。

「それにしましても、先日お伺いしました安土の城は荘厳壮麗でございました」

天正十年（一五八二）五月、神屋宗湛は同じ博多商人である島井宗室と共に安土城に赴き織田信長に謁見した。神屋宗湛が織田信長と面会した正式な記録としては初めてのことである。京を手中にし、武田家を滅ぼし、徳川と同盟し、上杉、毛利との戦を優位に進め、北条、長宗我部、大友との誼を得ている織田家は、そのまま天下を統一するだけの勢いがあった。それ故に、これまで西国領主らを相手に商いを行っていた博多商人も、織田家と通じる必要性が高まったのである。

「これこそまさに織田様が天下人であるということを、人民に知らしめる城であると。そう感服いたしました」

「ふん、下手な世辞はよい。それよりもお主と二人だけで相対する事、その意味が分からぬお前ではあるまい」

信長はやや不満気に顎をしゃくる。

「西国の様子はどうだ」

言葉少なに問うと、宗湛は居住まいを正して応える。

「西国での取引は銀が主になってきております。毛利領の大森銀山はもとより、大小各地の鉱山で銀が採れれば皆奪い合うように掘っております」

「どこか、銀で銭を造るような輩はおらぬのか」

いいえ、と宗湛は首を振る。

「銀は以前お話したとおり、吹き上げた銀を裁断し重量でもって取引されております。毛利も朝廷への上納や寺社への寄進に用いることが多く、高価な商品といった扱いばかりです」

嘆かわしい事です、と首を振る。

「特に国内では大陸の絹や火薬の原料になる硝石が望まれております。これらを贖うために大量の銀が用いられておりまする。このままでは野放図に銀が国外に流れるばかり。すぐにとは言いませんが、このままではいつか銀は枯渇します」

そうだな、と信長も頷く。

絹は養蚕によって生産することができる。国内での生産もあるが品質が大きく劣るため、大陸産の絹が求められている。硝石も国内では生み出す技術はないが、外国では人の手によって作られていると聞く。それに対して銀は地下に埋まっている物を掘り出しているだけだ。それは掘り出すほどに新たな銀を得るためには深く穴を掘らねばならず、さらには全て掘り尽くしてしまえば銀は採れなくなる。生糸や硝石と異なり、銀は資源として有限なのだ。

「南蛮人どもはどうしておる」

「彼らが本当に欲する商品は香辛料です。日本と大陸の間の交易で儲けを出し、それを使ってシャム、ルソン、マニラで経営を行い、香辛料を本国へと持ち帰っているのです」

この時代、最も銀を欲しているのは大陸の明である。明は北方民族との争いが長引き、その戦費調達のために銀を欲している。明はかつて銅銭や紙幣を貨幣として用いていたが、原料としての銅の不足、長い北方民族との争いによる明王朝の動揺によって、通貨としての信頼が揺らいでいる。そのため民間では鉱石自体に高い価値を持つ銀での取引が増え、これに追随するように明も銀で税を徴収することとなった。西欧諸国は植民地とした南米、ポトシ鉱山で採掘している銀も、わざわざ太平洋を横断して明へと運んでいるほどだ。

「あの者どもにいつまでも好き放題させる訳にはいかぬな」

「御意。そのためにも先ずは……」

「そうだな。まずは銀銭の鋳造だ」

織田信長の威光は、既に朝廷を凌いでいるほどである。安土城の主郭部には、天皇を迎え入れるための建物、京都御所の清涼殿と酷似した建物まで備えている。そしてその建物は安土城の天主、すなわち信長の住居から見下ろす位置にあった。この十年、弛まず続けてきた合戦と政争によって、それだけの地位と権力を手にしたのだ。それがあれば信長が鋳造する銭に信頼という価値が付く。銀に銭としての価値が加われば、限りある銀の価値を増やすことができる。銭であれば国内で希求され、銀を国内に留める力が働くことになる。そしてそのことが、対外貿易を優位に進めることにも繋がっていく。

「中国路の攻略は順調だ。猿めがよくやってくれている。既に但馬の生野銀山を手に入れ、毛利との決戦も近くあろう。大森銀山を押さえるのも時間の問題だ」

猿とは羽柴秀吉のことだ。

「それは重畳にございます。して銀銭鋳造はどなたに任せるおつもりでしょうか。やはり中国路経略、毛利と相対している羽柴殿でありましょうか」

宗湛の言葉に、うむ、と少し考えるように間をおいた。

「いや、猿よりも適任がおる。儂は明智光秀に任せようと考えておる」

「明智殿、でありますか」

「うむ。あれは古今の儀礼に精通しておる。銀銭には権威ある文様を刻む必要があろう。それには古典の知識が必要だ。光秀ならば十分だ」

羽柴秀吉は農民上がりだけに、古典の知識に乏しい面がある。これに対して、元は足利将軍家に仕えていた明智光秀は、将軍家のみでなく公家や朝廷への繋がりも深い。

「毛利討伐が成れば、光秀には出雲国と石見国を与えると伝えておる。近江、丹波の所領と引き換えにな。大森の経営を含め、銀銭鋳造の任も十分にこなすであろう」

「もう、そこまで話が進んでおるのですか」

「そうだな。早いうちに明智光秀をお主に顔合わせせねばならぬな。彼奴(あやつ)は今、軍勢を率いて猿めの支援に向かっておる。昨日、京を出立したばかりだ。運がなかったな」

現在、備中高松城において羽柴秀吉と毛利輝元が対峙している。秀吉からは織田信長本人の出陣を求める書状が届いていた。毛利家の当主である毛利輝元が在陣している間に織田と毛利の決戦を行い一気に雌雄を決する、という戦略である。そのための増援が明智光秀の軍勢である。数日後には信長も戦地に向かう予定であった。

「明智殿、でございますか」

宗湛の様子に、信長は不審げに眦を上げる。

「なんだ。お主は光秀では力不足と申すか」

「いいえ、いいえ。そういう事ではありませぬ。意外と申しますか……」

一度言葉を切ってから、宗湛は応える。

「そうですね。私はその任に当たるのは羽柴殿と予想しておりましたゆえ」

ふん、と小さく息を吐いて信長は先を促す。

「現在の毛利討伐の主将は羽柴殿であります。それに対して明智殿はその後詰を任されており、主に対して従であります。さらに言えば、羽柴殿は織田様のご子息を養子にとっておられますので」

この時代、譜代の重臣であっても謀反、裏切りの可能性を主君は常に考える必要があった。その中で、重要な家臣には婚姻や養子縁組などを行い、血縁により絆を増すことも多く行われていた。羽柴秀吉は実子秀勝を天正四年（一五七六）に亡くしており後継がなかった。そこで翌年、秀吉は織田信長の四男於次丸との養子縁組を望み、信長は了承した。秀吉の養子となった於次丸は現在、秀勝と名乗っている。このことによって織田家家臣団の中での羽柴秀吉の権威は増していた。その増した戦力、そして権威は秀吉が死ねば丸ごと織田家一門の手に渡ることになる。秀吉の権勢の強化は、結局は織田家の強化に繋がるのだ。

「その点についてては否定せぬ。だが適材適所という言葉もあれば、功を分かち和を尊ぶという言葉もあるからな」

織田家の対毛利戦略は硬軟両面で行われていた。すなわち、武力討伐の羽柴秀吉と、講和交渉の明智光秀である。それは同時に展開されており現時点では羽柴秀吉の武力討伐路線が優位に展開していた。また、四国対策として長宗我部との交渉窓口は明智光秀であったが、長宗我部の四国統一を嫌った信長は三好康長に対して阿波、讃岐平定を命じていた。これらの結果はこれまでの明智光秀の労と功を失わせることとなるため、その代償として新たな仕事を任せようというのだ。

「なるほど。深慮遠謀のほど、非才なる私には想像も及びませんでした」

「お主は猿めが有望と思い、若狭で蠢動しておったという訳か」

信長の指摘に宗湛は狼狽える。

「儂の目は誤魔化せぬ。猿めの鳥取城攻めに力を貸し、恩を着せようとしておったか」

「いえ、そのようなことは決して。羽柴殿へというよりも、織田家への支援のつもりでありました。表立って支援ができなかったのは、神屋と毛利との関りもありましたので」

「まあよい。この乱世、己の才覚を試すのは悪い事ではない」

歯切れ悪く答える宗湛に、信長は不敵に笑う。

「それはそれとして、明日の茶会は楽しみであるな」

唐突な話題変更に、宗湛は表情を変えずに安堵する。

「大陸との交易を専らとする博多商人。さぞかし儂の興味を引く趣向を用意してもらえるものと思うておる」

「いえいえ、天下を手中に納められた織田様と比べられては肩身が狭もうございます」

それに、と信長の意向を理解して宗湛は苦く笑う。

「島井殿と私と、我ら二名は織田様に茶会に招いていただいたものと認識しておりますが」

この度の織田信長の上京は、長期的に見れば毛利との決戦場に赴く途上ではあるが、この日京に宿泊した理由は、明日、本能寺において催される茶会が目的であった。織田信長は博多商人である島井宗室(そうしつ)と神屋宗湛を茶会に饗応するために京の地に泊まったのだった。そのために安土城より三十八点の大名物茶器を本能寺に運び入れていた。

「無論、お主の言に違いはない。だからこそ儂の所蔵品をわざわざ京にまで運ばせたのだ」

「天下一の名物茶器の数々、拝見できることは幸せであります」

「であれば、儂の言いたいことは解ろう」

「はて、何のことでありましょうか」

困ったように眉を顰める信長に、宗湛は内心笑いを堪えるのに必死であった。

織田信長の名物狩りは有名である。また、そのためにどれほどの金銀を遣うのかも。

その信長が現時点で最も欲するものといえば、楢柴肩衝(ならしばかたつき)であろう。初花肩衝(はつはなかたつき)と新田肩衝(にったかたつき)に加え、楢柴肩衝は天下三大名物茶入と呼ばれ、これを所有することは茶人として最大の栄誉である。そのうち、織田信長は初花肩衝と新田肩衝を既に所有している。

そして最後の一つ、楢柴肩衝を所有しているのが島井宗室なのである。未だ、この三大名物が一つ所に合したことはない。織田信長は天下三大名物茶入を所有し、天下人として、大茶人として名を天下に示したいと考えているのだ。

つまり、織田信長は島井宗室から楢柴肩衝を貰い受けたいと欲しつつも、天下人としての矜持から率直に言い出すことができない。まして相手はつい先日、安土城で初対面したばかりの商人にである。だから神屋宗湛を通じて島井宗室へ説得するように、遠回しに促しているのだ。

「まるで子供のようなお人だ」

それが神屋宗湛の心証であったが、まさか口に出す訳にはいかない。

「そろそろ夜も更けて参りましたので、今日の所はこれで座を下がらせていただきます」

「うむ、そうだな」

心底残念そうな声色で応える信長に深く頭を下げて神屋宗湛は退出した。これが、宗湛が見た織田信長の最後の姿となることを知るはずもなかった。

本能寺は法華宗本門流の大本山である。東は西洞院大路、西は油小路通、南は四条坊門小路、北は六角通に囲まれた四町の区画内にあり、東西、南北共に約一二〇メートルという広大な敷地である。しかも周囲は二メートル以上の幅の堀に囲まれ、石垣に土居と、まるで城塞のような造りとなっている。

敷地内は幾つかの区画に分かれており、大本堂を中心に、数々の塔頭、堂が並ぶ。その一角に織田信長が滞在するための建物があった。神屋宗湛と島井宗室はこれとは別、本能寺本堂に付属する客間にて宿泊していた。

天正十年（一五八二）六月一日。

夜半、ドォン、という激しい音が響き渡り、神屋宗湛は飛び起きた。

「な、何事か」

同じように島井宗室も寝具から身を起こしていた。互いに頷き、夢の中の出来事ではないことを確認する。

「一体、何が」

再び、ドォンという轟音が響く。聞き覚えのある音だ。

「これは鉄砲か。こんな時間に試し打ちなど……」

ありえない、と分かっている。ここは京の都のど真ん中なのだ。このような時刻に戦闘訓練など行う訳がない。そのままの格好で耳を澄まして外の様子を探る。大勢の人の声。それも会話のような声ではなく、怒声、叫び声、裏返ったような意味を為さない悲鳴のような声。それが一方からではなく本能寺全体に響き渡るように、広がっている。

「鬨の声、ここは戦場か？」

まさか、と思う。今夜、この本能寺には織田信長が滞在している。天下の主となった織田信長に戦を仕掛ける者が存在するとは思えなかった。

その時、表へと続く襖が勢いよく開かれた。見れば寺の小僧が息を乱して立っている。

「お客様方、早くお逃げください」

大きく息を乱しながら叫ぶように言った。

「一体、何事なのだ」

「大勢の兵が寺を囲んでおります」

小僧の顔は夜目にも蒼白だ。震えているのは息が乱れているためだけではない。

「早くお逃げください」

直ぐにでもこの場を離れようとする小僧に、島井宗室は問いかける。

「いや、待て小僧よ。この京において、一体どこの軍勢が来るというのか」

京において、いや近畿において織田家に逆らえるほどの敵対勢力はいないはずだ。

「軍旗に桔梗紋が見えまする。明智光秀が手の者ではないかと」

ではお早く、と言い捨てて小僧は次の間へと向かって走っていった。神屋宗湛と島井宗室は顔を見合わせると、互いに蒼白である。

「馬鹿な、なぜ明智殿が、謀反など」

明智光秀は織田家家臣団の中でも重用されてきた。譜代の臣下ではなく、朝倉家、足利将軍家と渡り歩いての織田家臣従であるにもかかわらず、丹波攻略においては軍団指揮官にも任命されており、譜代家臣筆頭の柴田勝家に次ぐほどの信頼を受けている。

「それに……」

昨夜の信長との会談を思い返す。織田信長は明智光秀の功を評価し、この先大森銀山の管理や銀銭の鋳造を任せるなど、治世への活躍も期待していたはずだ。だが、今はそのような事を考えている暇はない。考えるべきは信長の光秀に対する評価よりも、光秀の行動である。これが謀反だとすると、光秀はどのように軍勢を展開しているのか。信長は言っていたはずだ。「彼奴は今、軍勢を率いて猿への支援に向かっておる。昨日、京を出立したばかりだ」と。つまり、京を出立してまだ二日。一度、居城の丹波亀山城に寄って兵を揃え、そこから京へ逆戻りすれば十分可能な話である。おそらく万を超える兵を京へと動かした筈だ。

「明智殿であれば十分可能な兵があります。ここに至ってはなぜ、は問題になりますまい。問題は、我らがどうするか」

「しかし、織田殿はこれまでに幾度も家臣の反乱を抑えてきた。この謀反も早々に収められるのではないか」

織田信長はほぼ天下を手中としているが、これまでの勢力拡大の途上で幾度も家臣からの謀反に遭遇している。荒木村重（むらしげ）と松永久秀（ひさひで）だ。また、家臣ではないが同盟関係にあった浅井長政や別所長治、そして一度は神輿として担いでいた将軍足利義昭にも背かれている。だが信長はそれらの危地を全て乗り越えて今の大勢力がある。

「いや……」

島井宗室の言は、しかし希望に過ぎない。これまでに失敗した謀反人らは織田家に背くと同時に自勢力である居城に籠る、といった行動をとった。そのため最終的には織田の大軍に包囲されて滅びていったのだ。しかし、明智光秀は彼らの失敗をよく分析して理解している。光秀の謀反は居城に籠って自身を守るのではなく、真っ先に軍を動かしかつての主であり今の敵である織田信長の命を奪うことを優先している。

「今回の明智光秀の謀反は恐らく成功するでしょう。いいえ、今我らが考えるべきは謀反の成功失敗ではなく……」

何だ、と不審げに問う島井宗室の顔が青ざめている。

「一介の商人である我らに織田殿と明智殿の戦に関わる余裕はありませぬ。我らができることは、ただ逃げ出して己の身を守ることだけでしょう」

そこで己の身をふり返る。彼らは大商人とはいえ、戦場ではただの人である。刀槍を握ったことは幾度もあるが、今は僧形であり手元にそれらはない。例え刀を手にしていたとしても、どちらかの軍勢に味方する余裕も技量もない。だから実際の問題は何処へどう逃れるか、だ。幸い、二人にあてがわれた客間は織田信長の寝所とは離れている。しかし、本気で明智光秀が織田信長に背くのであれば、信長を逃がさぬために寺の周囲は包囲済みであろう。何も考えずに寺を飛び出し織田側の手勢と間違われれば討たれる可能性も高い。それに二人には本能寺の構造に詳しくもなく土地勘もない。

「ではどうする」

島井宗室と神屋宗湛の二人が頭を悩ましている中、開け放してあった襖の奥からのっそりと大きな黒い塊が現れた。驚く間もなく、黒い塊は白い歯と笑顔を見せた。

「ああ、こちらにおられましたか、神屋殿、島井殿」

「お主は、確か弥助といったか」

弥助はアフリカ出身の黒人である。奴隷として伴天連(ばてれん)が日本に連れてきた際、織田信長が気に入って貰い受け、武士として取り立てていた。

「ご無事で何よりであります。ささ、安全な場所まで案内いたしますのでどうぞこちらへ」

「いや、待て。お主は確か織田様の護衛であったろう。そのお主が何故ここにいる。

織田様は今どうしておられるのだ」

まるで大岩のごとき強靭な身体つきの弥助である。十人力の剛力と噂されていたのも、間近で臨めば納得できる。

「私は妙覚寺へ。信忠様へ急遽知らせをせよ、との命を受けております。そして御屋形様は寝所にて明智手勢を待ち受けております」

ここで信長が無暗に動き隠れれば明智軍は寺内を探し回ることになる。この時、本能寺内に織田家とは無関係な人々も数多くいた。元々、本能寺は法華宗本門流の大本山であり数多くの僧がいる。また、織田信長は明日、大々的に茶会を開くこととしており、神屋宗湛らと同様に本能寺に滞在している商人や公家などもいた。光秀はこれらの人々を皆殺しにすることは避けることとし、寺の周囲を大軍で囲んで逃亡を防いだ後、僧や奉公人、女房衆らに避難するように呼び掛けている。夜半、最初に耳にした鉄砲の発砲音は彼らを起こし、避難を呼びかけるためのものである。

「それでは、織田様は身を守るよりも我らが逃げることを優先しているというのか」

島井宗室が驚き問うと、

「御屋形様は謀反人が明智殿と知ると、是非にも及ばず、とおっしゃり弓を手に取りました。既に心内は決まっておられます」

すでに織田信長は己の命がここで潰えると悟っているという。

「そんな……」

神屋宗湛は絶句する。

「ともかくここから逃げる準備をお早く。いずれ、ここも火に巻かれることになりましょう」

分かった、と島井宗室は頷くと屋の床の間に目を移す。と、おもむろにそこにあった巻物を手に取った。

「宗室殿、それは本能寺のものではないか」

「もちろんだ。だがここが火に巻かれれば、これらは全て失われてしまう。勿体ないとは思わぬか」

「そういう事か」

言って神屋宗湛は頷くと、部屋をぐるりと見渡したのち掛け軸を手にとり手早く巻く腰に差した。

「さあこちらです、お急ぎください」

ああ、と二人頷いて弥助の大きな背に続いて外へ出た。

長い、長い夜が明けた。

かつて多くの人々の信仰を集めた大本山は、既に広大な廃墟となっていた。炭と化し崩れかけた柱ばかりが見せる無残な姿は堂塔の数々。荘厳な大伽藍は見るかげもないほど、その景色を変えていた。焼け焦げた臭いが鼻腔を刺激する。燻ぶっているのは堂塔の残骸か地面そのものか、風もなくその場に滞っている。その臭いは伽藍を模っていた柱梁が焼けたものか、人々が拝みし仏像や絵画の成れの果てか、それとも人の脂が焙られたものか。戦乱とそれによる破壊は時代の常であったが、目の前の光景は神屋宗湛にとって特別な意味があった。

その廃墟の中を、うごめく者どもの姿がある。煙る空を抜けた鈍い陽光を受ける陣笠に簡素な胴丸姿。短めの槍を手に、炭と灰にまみれた残骸をひっくり返し、槍を突き立てる。腰を屈め地を這いずり回るような彼らの姿は、まるで地の底で餌を探す餓鬼のよう。声をあげることもなく黙々と、歓喜も苦悶もなく鬱々と、ただひたすらに地面を掘り、何かを探している。

「まるで地獄のような光景だ」

島井宗室の消沈した呟きに、僅かに頷いた。

威風堂々と聳えていた社寺。そのかつての威容を崇敬の念をもって見上げていた人々は、目の前の光景を目にし、声もなく息を吐いた。

「また戦乱の世に戻るのか」

京の人々はそれを恐れた。天下人となったかの人のおかげで、京の都はかつての繁栄を、いやそれ以上の繁栄を取り戻した。だがその人物こそ、目の前の廃墟の中で討たれたのだと伝え聞く。

人々の「信じられない」「信じたくない」という思いをよそに、明智の手勢は我が物顔で京の町中を歩いていた。京の人々は彼らを遠巻きに見やる。その真相を知りたいと思いつつも、彼らと関わることは避けていた。

「織田信長様……」

取り巻く人々の中に混じって神屋宗湛もその光景を眺めていた。無事に本能寺を脱出した三人であったが、弥助とはその場ですぐに別れた。弥助はその後、妙覚寺から二条城へと拠点を移した織田信忠の下で明智勢と戦ったらしい。その行方は杳として知れない。だが、織田信忠も二条城で亡くなったとの噂が流れていた。

「この先織田家は、そして京はどうなるのか」

その問いかけに答えられる者は誰もいない。明智光秀が主君である織田信長を弑したとはいえ、その証拠となる遺骸が見つかっていない。それ故の本能寺廃墟での捜索である。本当に織田信長を討ったのか。そう問われて応える術を光秀は持たない。それでは織田信長に代わる新たな統治者としての威儀が整わない。

だが、そもそも主君殺しの明智光秀に大義名分があろう筈がなかった。これで天下は明智光秀の手に落ちるのか、それとも織田家に残された親族が反撃に転ずるのか。また織田家家臣団がどう動き、鞆に幕府を開いた足利将軍が毛利の庇護のもとに京を取り戻すのか、東国の上杉、北条などが上洛を目指すのか。この世は再び騒乱の、戦国の世に戻るのか。まだ誰にも未来は見えなかった。

　だが、確実な事が一つある。既に織田信長がこの世から去ったということだ。そして昨夜、本能寺にて信長と交わした夢。銀銭の鋳造を、大森銀山から産する銀をもって新たな貨幣を全国に遍く流通させるという夢を。曽祖父、神屋寿禎から続く夢を。それが一夜によって消え去ったということ。

　その夢は幻の如く消え去った。それも、銀銭の鋳造を担わせようとした明智光秀の手によって。

「夢、幻の如く、か」

　口の中でそう呟く。誰の耳にも届かない、自らの声に「いや」と応えるように首を振る。

「いや、かの人の想いに応えるためにも私は歩みを止める訳にはいかぬ。曽祖父のためにも、銀山で命をかけて働く人々のためにも」

　足早にその場を離れる。だが火の手に燻された着物にはあの惨状が、人々の無念が染みついていているようだった。

「我らの夢は、必ずや私の手で実現させてみせまする」

男は不穏な想いを振り払うように駆けだした。

織田信長と大森銀山と銀貨鋳造

戦国時代最大の謎は何か、と問われれば本能寺の変を挙げる方も多いのではないでしょうか。

出来事としては、織田信長の家臣であった明智光秀が主君を裏切り京の本能寺にて主君織田信長を弑した、という明確な事実があります。それが謎なのは「なぜ明智光秀が突然、主君を裏切ったのか？」もしくは「明智光秀に主君殺しを指嗾した黒幕がいるのではないか？」ということになります。

ただ、本コラムではその明智光秀裏切りの謎、ではなく別の謎に挑んでみたいと思います。その謎とは、「日本で計数貨幣としての銀貨の鋳造が行われるのが、明和九年（一七七二）に発行された南鐐二朱銀（なんりょうにしゅぎん）まで待たねばならなかったのか？」です。一見、本能寺の変とは関係なさそうですが、どうでしょうか。

さて、本能寺の変の後、天下を取ったのは羽柴秀吉、後の豊臣秀吉です。豊臣秀吉が採った政策は、その多くがかつての主君、織田信長が構想していたものでした。「検地」（太閤検地）、「刀狩り」（兵農分離）などの有名どころだけでなく、後に徳川幕府が実施した一国一城令も、「城割」として信長、秀吉の時代から実施していましたし、楽市楽座や関所の廃止、度量衡の統一、道路港湾などのインフラ整備なども、信長の施策を全国規模で展開しています。また対外戦争（朝鮮出征）についても織田信長は既に構想していました。豊臣秀吉が破壊と創造の為政者ではなく、実現実務型の治世者であったと言われる理由でしょうか。

さて、その中で大きな要素が一つ抜け落ちていると思うのです。それが「貨幣の鋳造」です。

織田信長は撰銭令を出しており、貨幣の不足、信用の低下、それによる貨幣経済の混乱に気づいていました。その対策として下した撰銭令は失敗に終わっています。根本的な問題として、良貨の不足、金銀といった高価値の鉱物の入手ができなかったため、信用のおける貨幣を造り出せなかったためと考えられます。

織田信長の経済センスは素晴らしく、道路港湾の整備や度量衡の統一のみならず、寺社勢力が行っていた金融や交易、市場といったものを宗教から切り離しました。これらによって他の戦国大名よりも圧倒的に強い経済力を手に入れて、次々に大名や国人領主を切り取っていったのです。後に二六五年間も続く安定した江戸時代の基礎を築き上げたと言っても過言ではないと思います。

しかし信長にとって、手に入れることができないものがありました。それが金銀の鉱山です。本拠地であった尾張、美濃、伊勢には金銀山がなく、その後に手に入れた近江、畿内、摂津、和泉にも大きな鉱山は存在しませんでした。但馬の生野銀山を手に入れたのは天正五年(一五七七)のことですし、武田勝頼を征伐して甲州金山を手に入れたのも天正十年(一五八二)のことです。

ところがこの時、大規模な銀山が信長の手が届きそうなところまできました。当時の世界の銀産出量の三分の一を占めていた、といわれる大森銀山です。これさえ手に入れれば銀貨の鋳造も可能になります。毛利征伐も羽柴秀吉の活躍で順調に進み、遂に最終決戦ともいえる大兵団を送り込みました。それが明智光秀の軍団であり、その軍団が京へと逆進して本能寺の変へと繋がったのです。つくづく、残念で仕方ありません。

その後、羽柴秀吉は織田信長の政策を継続して行いましたが、貨幣の鋳造は行いませんでした。天正長大判という金貨を鋳造していますが、これはサイズも価値も大きすぎて、家臣への報償用や、朝廷、公家への上納用としか使えない代物でした。秀吉の経済改革としては石高制を敷くことで米での納税を主体とし、一般的な経済活動や物流では鐚銭の使用が続き、米による決済を推進しています。西国では戦国時代と同様に丁銀の切り使いが主流となっています。その後、石高制を引き継いだ徳川幕府は大きな問題にぶつかることになりますが、これは別の話になります。日本において銀による計数貨幣（鉱物の価値によって変動することなく一定の価値を持つ貨幣のこと。一枚一文の価値を持つ永楽銭のような貨幣）の登場は、明和九年（一七七二）の南鐐二朱銀の鋳造まで長い時間を待たねばならないことになるのです。

では、なぜ羽柴秀吉は銀貨の鋳造を行わなかったのでしょうか？　いくつか理由が考えられますが、一つは織田信長にとっても貨幣の鋳造は計画段階であり、まだ羽柴秀吉がその実態を知らなかったのではないでしょうか。また、計画が進んでいたとしても、それが明智光秀に任されていた計画だったとすればどうでしょうか。明智光秀は毛利討伐のあかつきには出雲石見の地へ転封する、という話もありました。多くの人はこれを左遷のようなイメージで話をしますが、大森銀山を含む石見国を任され、これが経済対策の胆なのだとするとどうでしょうか。もし明智光秀が銀貨の鋳造を任されていたのならば、逆賊として光秀を討った秀吉の立場からすると「裏切り者が関与していた施策は後追いしたくない。それに現状は米と丁銀を流通手段として用いれば何の問題もないではないか」とならないでしょうか。実際、この時期は流通網が整備されたおかげで京や堺などの大都市では米価が安定していたようです。

このように想像を膨らますと、大森銀山にとって本能寺の変は非常に残念な事件であったと思うのですが、いかがでしょうか。歴史に「もしも」はありませんが、「もしも本能寺の変が起こらなかったら、大森銀山から産出される銀がどのように扱われただろうか」を想像すると面白いのではないかと思います。

さて、一点だけお断りを。神屋宗湛の名前についてです。
神屋貞清が出家して神屋宗湛を名乗り始めるのは天正十四年（一五八六）のことです。となると、本能寺の変時点では神屋宗湛ではなく、神屋貞清を名乗っているのが正しいことになります。
今回は物語として神屋宗湛の名前の方が一般に知られており、本能寺の変での出来事を説明するのにその方が分かりやすいことから、神屋宗湛として登場させています。ご了解いただければと思います。

もう一つ追記を。本能寺の変において、神屋宗湛と島井宗室が本能寺の変の最中に持ち出した掛軸についてです。神屋宗湛が持ち出したのは牧谿（もっけい）という十三世紀の中国の禅僧が描いた水墨画「遠浦帰帆図（えんぽきはんず）」でした。元々は室町将軍の足利義満が所蔵し、この時は信長が所有していたものです。島井宗室が持ち出したのは空海の直筆と伝わる「千字文」でした。「遠浦帰帆図」はその後秀吉の所有となり、さらに徳川家康の手に渡りました。現在では重要文化財に指定されており京都国立博物館（京都市）で見ることができます。「千字文」は空海（弘法大師）に縁のある東長寺（福岡市）で保管されています。

本能寺では安土城から持ち込んだ大名物茶器に限らず、多くの美術品が失われてしまいました。その混乱の中で神屋宗湛と島井宗室は価値のある美術品を持ち出しました。言ってみれば火事場泥棒のようですが、そのおかげで貴重な文化財が守られたのです。混乱必至の状況下で、彼らの冷静さと審美眼の確かさ、機敏な判断力は褒められるものだったと思います。

銀柵内

安原因繁（よりしげ）　大森銀山覚書

けぶるような雨だった。降るというよりは雲の中に迷い込んだように、視界は白く染まっている。初夏。数間先も見渡せないほどの霧雨の中で、竹林の新しく伸びた竹の青く鮮烈な香りが満ちていた。

濡れるほどの雨ではない。霧雨の中、男が一人歩いていた。男はゆっくりと竹林の光景を見渡す。よく手入れされている竹林だった。竹は繊維が硬く加工しやすいため、日用道具の素材として利用価値が高い。春は旬の食材の筍として珍重されるし、青葉には殺菌作用があり食物の保存の役にも立つ。番傘を差したまま歩けるのが手入れのされた竹林の証だとも言われ、この竹林もそれなりに見通しが立つ。日暮れが近い時刻であるが、空を見上げても太陽は見えなかった。

「そろそろの筈だが、な」

ゆっくりと歩を進めると、白く染まった竹林の景色の中に奇妙なものが目に入ってきた。その場で竹林は唐突に途切れ、それは壁のように行く手を阻んでいた。その本質は柵だ。だが、その柵はまるで全てを拒絶するように異質だった。

常に町中や街道、城郭などで見ることのできる木柵は一定の間隔で打った杭に横木を渡すだけだ。内と外の境界を示すのが柵の本質だ。土地の境界を示すだけなら高さも腰までの高さで十分だろう。柵の向こう側も良く見える。

だが、この場にある柵は明らかに異なる。太い杭が地に深く突き刺され、横木を組んだ上に、さらに全面に板を張り巡らせてあった。板は重なるように留められており、向こう側の光景を見ることもできない。濡れて焦げ茶色に染まる柵は、男の背丈を超えるほど。故にそれは柵というよりも壁であり、明確な拒絶の意志を示している。

だが、これを柵と呼ぶのは、これが境界を示しているからに他ならない。

男は柵を横目に見ながら、竹林の中をゆっくりと進む。何処からか鐘の音が響いてきた。付近の山々に木霊する鐘の音は、夕刻を知らせるために大森で鳴らされている鐘の音だ。

そうしている間に、林立する竹の間にぼんやりと人の影が現れた。

「来たか」

この時期、この雨の中、わざわざ竹取に訪れる者はいないだろう。だからこの場に現れる者とは、あらかじめ約してあった者に違いなかった。影は雨を避けるように蓑を被り、懐を守るように前かがみに歩いていた。その影も男の姿を認めた様子で、顔を上げて破顔した。互いに笑えば深く皺が刻まれるような年だ。

「お待たせしたようで申し訳ありませぬ」

いや、と応える男に蓑姿の男は着物の内側に手を入れて懐を探る。そうして差し出したのは厳重に油紙が巻かれた包みだった。

「その様子だと既に我らは不要、といったところか」

「そのようで。既に時代は徳川に、とのこと」

顔を顰めながら応える男を見やり、溜息をつく。

「私はすでに必要とされておらぬ、ということか。ましてや成すこともできなかった夢など……」

男は油紙の包みを受け取った。それを大事そうに懐に仕舞う。

「ならばもう二度と、この地を踏むことはあるまい。お主にも……」

互いに視線が交差した。男の目は寂しそうにこちらを覗いている。おそらく、自分も同じだろう。

「もう二度と会うこともあるまい」

「……そうですな」

互いに言葉尻が小さくなる。湿り気を含んだ沈んだ空気に気まずく目を逸らすと、わざとらしく襟を引き寄せるように蓑を整える。

「それでは、これで失礼いたします」

前かがみになった男の蓑からは、雨滴が滴り落ちる。男はその背に向けて何事か声を掛けようと一歩踏み出し、そこで止まった。伸ばしかけ、止めた手をじっと見つめる。その僅かの間に男の背は霧雨の中に消えていった。

霧雨の中、残されたのは一人の男と朧気に広がる竹林と。そして、ただただすべてを拒絶する壁のような柵。もう二度と、その内に入ることは叶わない夢の残滓……。

「おお、寒い寒い。もう桜も咲いているというに、この寒さはなんだ」

勢いよく開けられた扉から、寒風が吹き込んできた。その風と同じくらい凍えている男が木戸を潜り土間へと入ってくる。厚い綿入れの外套の前合わせをきつく握っており、その手も赤く染まっている。

「こういう日に外回りなんてするもんじゃない」

「おい、早く戸を閉めろ。せっかく暖まっていた部屋が台無しだ」

男に向けて、険のある言葉が飛ぶ。部屋には一人、火鉢の傍で書物に目を通していた男がいた。慌てたように木戸をぴしりと閉めると、外套を着たまま火鉢に寄った。

「おお、有り難い、有り難い。こう寒くちゃ仕事もできねえ」

まるで火鉢をそのまま抱え込みそうな勢いだ。

「町の様子はどうだ」

書物というには簡素な装丁のそれを置きながら、鉄瓶から湯呑へと湯を注ぐ。柄杓で水を掬って温度を冷ます。人肌よりも少し熱めの白湯を火鉢にあたっている男へと渡す。「おお、これは有り難い」と言って両手で受け取る。飲むよりも、先ずは両手を温めることにしたらしい。

「町の様子はどうだった。吉岡殿」

もう一度問うた。

「ああ、まあ順調といったところかね。奉行殿の手並みは恐ろしいばかりさ。安原殿」

ここは本谷にある銀吹き小屋の一つだった。素吹きや灰吹きには火を扱うため、小屋の中には最低限のものしか置くことができない。床は全て固く突き詰めた土間であり、幾つかの炉が備えてある。だが炉には火が入っていない。暖気は二人が囲む火鉢がもたらしているが、湿った炭からは弱々しい熱とバチバチと時折爆ぜる音が響き、寒々とした空気が漂っていた。

「あの大火から半月。奉行殿の手回しの良さは凄まじいほどだ。まるで、大火が起こることを予め知っていたかのようだ」

慶長八年（一六〇三）春、大森において大火が発生した。この大火で三千軒もの家屋が焼失した。死傷者の数は不明だ。この時期は多くの人々が制限なく大森に入り、無秩序に家屋を建てていたのだから。

「銀山奉行、大久保長安殿か。確かにあの方の発想は我らと異なるな」

大久保長安は元々甲斐の武田家に仕えていた。織田信長の武田家討伐、滅亡により徳川家康に拾われ、関東入国後には代官頭として辣腕（らつわん）を振るっていた。そして慶長五年（一六〇〇）、関ヶ原の合戦に勝利した徳川家康は、石見国を支配していた毛利家を周防長門の二箇国に封じ、石見国の大森銀山を手に入れた。関ヶ原の合戦の僅か十日後、九月二十五日には銀山周辺の七箇村において徳川家康の名で高札が掲げられている。徳川家の金銀鉱山への執着は如何ほどのことか。そして、大森銀山の初代奉行として送り込まれたのが大久保長安なのであった。

大久保長安は大森での大火の後、混乱回避のために銀山操業の一時停止を指示すると同時に領民の救済のためとして救護所を設置した。救護所は大久保長安が銀山と街道の結節点に新たに普請した陣屋周辺に建てられ、住処を失った者はもちろん一時的とはいえ銀山からの稼ぎが無くなった人々は救護所へと詰めかけた。食事を無料で振舞うだけでなく、簡易な宿泊所まで備えられていたからだ。そして大森から人の気配が消えたところで、長安は大規模な大森の町の区画整理を行った。それまでの大森は谷間の斜面にまで、無秩序に積み上げられたような家屋が並んでいたが、火災で焼失した区画、焼けずに残っていた区画に限らず一斉に打ちこわし、街道を整備し、屋敷を建てるべき区域を指示した。屋敷は当然、武家とごく少数の有力商人、山師らのためのものだ。

数日の後、救護所より戻ってきた人々はその光景を見て唖然とした。真っ直ぐに引かれた街路。地面は固く平らに踏みしめられ、両脇には排水のための水路がある。番所、奉行所、武家屋敷、吹屋などの区画が割り当てられており、すでに建築が始まっている。大森の整然とした街並みは、それまでの大森の光景と違いすぎた。それまでに彼らが住んでいた襤褸(ぼろ)屋は、何処にも見当たらなかった。銀山で働く人々の住居区画は別に割り当てられており、更地と化していた。

「な、なんということだ」

人々は大久保長安の所業に呆気にとられるだけであった。このことについて徳川幕府、銀山奉行からは何の沙汰もない。人々の抗議は、だが大森の年寄衆によりかき消された。自由都市大森を差配していた年寄衆も、すでに徳川家の手の内であった。人々はただ肩を落とし大森の外へ、徳川幕府が新たな支配拠点として整備した陣屋を中心とした新たな大森の町に落ち着くこととなった。

「奉行殿は、銀山は徳川家が管理すべき、と考えておられる。それには大森は人が多すぎた。大火や大水などは丁度良い機会であるがな」

「都合よすぎる、とも言えるが」

天文十一年（一五四二）にも昆布山谷において大水が発生し、千三百人が流されたという記録がある。昆布山谷は谷とはいえ仙ノ山の山頂部に近く、通常、水害が発生するような場所ではない。それにもかかわらず千三百人という多数が亡くなったのは、乱開発により木々が失われ山の保水力が失われていた上に、無秩序に建てられた家屋や無計画な水路が水の流れを堰き止め、鉄砲水が発生して多くの人命、家屋が押し流されたことが原因だろう。これを切っ掛けに体系的で効率的、安全な工房街づくりがすすんだ。天災は人々の生命を奪う恐ろしいものであるが、人々は災害を乗り越え、より良い生活を得るために知恵を絞っていく。

「そして、続いての指示があの柵だ」

大森の町の整備を終えた大久保長安が次に出した指示は、銀山の区画を指定することと、そしてその区画を示すために周囲に柵を張り巡らせることだった。それもただの柵ではない。これまでの戦国の世で柵と言えば騎馬や足軽の足を止め、行軍を制限するために作られてきた。もしくは土地、家屋の境を示すために用いられてきた。これらは丈夫な杭を打ち、横木を縦横に組ませれば充分であった。だが、長安が指示した柵はこれとは異なる。柵の高さは人の背丈を超え、そこに重なるように板を張っているのだ。これでは柵の向こう側を見ることはできず、まさに壁となって遮っている。

「あれほどの柵、余計な金がかかるがな。だが奉行殿の目的は明確だ」

「ああ、物の流れ、銀の動きを全て徳川が管理するためだ」

柵は当然、これまでにあった街道を封鎖する。そこには口留番所が設けられ、幕府の役人が管理する。したがって銀山を出入りするには口留番所で審査を受けるほかない。

「勝手に銀を持ち出すことを禁じる。そういう事だな」

柵が以前のとおり格子状であれば、人の行き来を防ぐことはできるが、内外で示し合えば小さな荷は格子の隙間を使って手渡しする事が可能である。銀は小さくとも希少な商品であるから、これを横流ししたいと考える者は多い。これを完全に防ぐには、小さな銀塊さえ通すことのできない柵、ほとんど壁と言っていいものを造り、これで囲う必要があった。

「どれだけ我らの事を信用していないのか」

初めてその話を聞いた時、安原因繁は思わずそう呟いた。安原因繁は安芸の出自であるが、長く大森銀山で山師として働いてきた。もちろん、人は手放しで信用できる訳ではない。掘子の中には掘り出した鉱石を横流しし利を得ていた者もいれば、吹き上げ銀の屑を集めて親方に黙って持ち出した小僧もいる。人には欲もあれば、時に魔が差すこともある。褒められた話ではないが人とはそういうものだと思っている。そのような些細な隙さえ、大久保長安は許さない。そのために大森銀山を頑丈な壁で囲むとは、常軌を逸している。そのあまりの規模の大きさゆえに、まだ完成に至っていない。

その柵の規模は奉行の人に対する不信の大きさである。大森の人々を信用しようとしない徳川幕府の、大久保長安の強権的な銀山経営に不満がある。

ようやく手が温まったのか、湯呑に口をつける男をみやる。彼の名は吉岡隼人という。元は毛利家の家臣であり、銀山付きの役人であった。二人は立場は異なれど旧知の仲であり、毛利家支配下の大森銀山を良く知っていた。

吉岡隼人は大森銀山が毛利家から徳川家の支配に変じた時に、徳川家にというよりも大久保長安に地役人として雇われた。これまでの手腕や経験を買われたのだが、大久保長安に優遇されているのはそれよりも別の理由がある。

「それで安原殿はなぜこのような場所に俺を呼んだのだ」

白湯を口にして人心地着いたのか、そう問うてきた。ここは本谷の銀吹き小屋の一つである。だが今は使われていない。本来なら、銀吹き職人や鉱石を選別する多くの人々が忙しく立ち働いているはずである。しかし、この小屋を使っていた銀吹き師は不幸にも大火に巻き込まれて不慮の死を遂げていた。だからこの場に他人が入ってくる心配はない。

安原因繁は脇に置いていた本を手に取る。吉岡が小屋に入ってきたときに読んでいたものだ。

「何だ、その本は。随分とくたびれた本だな」

しっかりとした製本ではなく簡易な装丁である。本というよりも書付を束にしただけのもののようだ。

「ああ、そうだな。大森を離れるお主に餞別をくれてやろうと思ってな。色々と悩んだ上で、これを渡そうと思いついたのだ」

「ほほう、よく知っておったな。だが餞別がそのような紙束とはまた、奇異な話」

吉岡隼人はその手腕を買われ、大久保長安の命で佐渡へと渡ることが決まっている。慶長九年（一六〇四）には大久保長安と共に佐渡金山の経営に関わり、大森の鉱山技術を伝え佐渡金山の開発に資している。

二人の仲は、別に大森の中で秘している訳ではない。山師と地役人、役職は異なり立場は異なるが、だからこそ銀山全体の経営には様々な立場からの意見交換、情報交換が必要であろう。したがって常の会話であれば、このような人気のない場所でわざわざ密会のように会う必要性は全くない。そう不審に思いながら紙の束を手に取った。後からつけたような表紙には『大森銀山覚書』と墨書してある。裏表紙には『竹蔵』と人の名のようなものが記されていた。

「大森銀山覚書？　なんだこれは」

湯呑を置いて、両手で開く。そこには間歩、鏈、鉱色、柄山、吹屋、銀、鉛、炭、荷といった銀山で馴染みのある言葉が並んでいる。それに大森の地名、役職や人の名が記されており、さらに多くの数字が並んでいる。単位は叺や俵といった鉱石や炭などのものを詰めた袋の数、貫や匁といった鉱石の重さを計ったもの、そして文や灰吹き銀の枚数などの銭金に関するもの。

「これは契約書か。その記録……、いや写しか？」

吉岡は慎重に頁をめくると、それぞれに文字と数字がびっしりと埋まっている。銀山内での山師と掘子の契約について、掘子が雇った手子の賃金。間歩から掘り出した鏈の記録と、そこに含まれる銀の推定量と実際に灰吹きで得られた銀の量。銀吹き師が買い入れた鉛の量と、その価格の変動。掘子や銀吹き師が山師に納めた銀の量。

「なるほど、これほどの記録、お目にかかったことがない。だが、そもそも」

吉岡隼人は首を傾げて安原因繁を見やる。彼は手を翳している火鉢の中をじっと眺めている。

「これは本当の記録なのか？　お主を疑うのは悪いが、偽書ということはないのか。一体、誰が何のためにこのような物を作ったのだ」

「その疑問は当然だな」

そもそも、この時代の人々は個々の契約を紙に残すことをしない。年貢のような公式のものであればともかく、日常的な遣り取りでは口約束で済ます。紙は高価で市井の者が気軽に使えるものではない。

「この記録を残したのは、神屋家に属する者だ」

「神屋家？　博多商人の、あの神屋宗湛の手の者か」

神屋宗湛は大森銀山を再開発した神屋寿禎の曾孫にあたる。神屋家は神屋寿禎の代より大森銀山の経営に関わってきたが、宗湛の代になってこれを手放すこととなった。当然、神屋家の意向ではなく、徳川幕府側の画策である。

神屋宗湛は天下人となった豊臣秀吉に謁見した。天正十五年（一五八七）のことである。ここで豊臣秀吉に気に入られた神屋宗湛は豪商としての特権を手に入れ、博多商人の第一人者として栄華を極めた。朝鮮出征において後方兵站の補給役を務め、秀吉の側近として活躍した。しかし慶長三年（一五九八）に豊臣秀吉が亡くなると、その後の天下人となった徳川家康からは冷遇されることとなった。

かつては銀山の年寄衆の一員として経営に関わっていた神屋家も、あれやこれやの理由を付けられて一時的に、と言われて年寄衆から外されたところで関ヶ原の合戦を迎えた。

「神屋家は古くから銀山経営に関わっていたからな。俺らが大森に来る前の様子などもこれには書かれている」

ほほう、と感心したように紙束をめくる。享禄という年号に目を止めて見れば、そこには湯惟宗が鞆ヶ浦から銀を積み出したことが記されてあった。

「鉱山のみでなく、湊の記録まであるのか。なかなかの厚みだな」

「そうだ。これはそこにある竹蔵という者が、当時、大森で見聞きした銀採掘に関わる出来事を記録したものだ。そりゃあ元が伝聞だから間違いも幾つかあるだろうがな。これを元に訴訟の対応なども行っていたと聞く。どうだ、それだけの記録は貴重とは思わぬか」

「なるほど」

そう言って吉岡隼人は次々と紙をめくる。その興味深そうな様子を見て、安原因繁は言葉を続ける。

「これの面白いところは、銀山経営の初期の頃、銭が不足し混乱していた頃の記録もあることだ。その頃の利益の配分方法は、主に米と山分けだ」

「ああ、米は銭の代わりに支給したのだろう。だが山分けとは何だ」

「そうだな、例えば山師が所有している間歩を掘るのに掘子を雇う。手持ちに十分な銭がなければ支払いをどうするか。米で支払うこともできるだろうが、そこに価値のあるものがあるのならば、それを分け与えればいい」

「そこにある価値のあるもの、とは」

「掘子が間歩から掘り出した鉱石、鏈さ。その現物を山師と掘子で山分けすればいい。言ってみれば出来高制だな。掘子は良質な鏈を掘れば掘るほど自分の手取りが増える」

鏈とは銀の含まれた鉱石のことだ。この方法であれば、掘子は鏈をたくさん掘り出せば掘り出すほど手取りが増える。その分やる気も出るし、多く鉱石を掘り出すための工夫も自ら行うだろう。

「しかし、掘り出した鉱石を貰って、掘子はどうするのだ」

「それは自分で銀吹き師に銀吹きを依頼すればいい。ここも成果は山分けだ。吹きあがった銀を、掘子と銀吹き師で山分けにすればいい」

「その方法だと、銀吹き師が銀を貰いすぎにならないか」

掘子と同様、山師も手に入れた鏈を銀に変えなければ儲けとならない。こちらも同様に銀吹き師と山分けをすれば、都合、間歩から掘り出した銀の半分を銀吹き師が手に入れることとなる。

「そのとおりだが、銀を吹くための費用は銀吹き師持ちだ。鏈の質にもよるが、鉱石を砕いてふるい、溶かすための木炭を集めて鉛を買い入れる。銀吹きの作業は数日におよび、危険もつきまとう。決して貰いすぎ、とは言われなかったようだな」

これと同様に、掘子も手子を雇うための賃金や坑内で明かりとして灯す螺灯なども自分で準備せねばならない。これらは精製した銀を使って、もしくは銀を銭や米に換えて代価を支払うことになる。

「なるほど、単純だが面白い話だ。だが、我らが大森にきたときにはそのような取引は無かったはずだが」

「この方法は単純で分かりやすい反面、それだけに欲に目が眩めば危険も多い。掘子としては鉉色（つるいろ）のよい筋を優先して掘り進みたくなるだろう。銀の含まれない柄山を掘るなど無駄な事はしたくない。となれば、安全性や将来的な作業性を無視した採掘に邁進することになる。少しでも鉉色が悪くなれば諦めて別の間歩へと移るだろう。掘子個人で考えれば当然の判断かもしれないが、鉱山全体の採掘を考えればそのような身勝手は許されるものではない」

　鉱色とは鉱石の多く含まれている鉱脈のことだ。銀鉱石は岩の割れ目に沁み込んだ溶岩によって形成されたものであるから、その分布は一様でない。掘った鏈が自分の収入になるのであれば、できるだけ柄山を掘りたくなくなるのが人情だ。

「さらに掘り出した鏈の量が変わらないならばそこに掛かる経費は少ない方がいい。だから坑道を内で火を灯さずに手探りで潜って怪我をしたり、手子の失敗をあげつらって賃金を払わない、なんてこともざらだったようだ」

　そういった事例も、その冊子には記載されているという。

「いわば、これまでの銀山経営の推移が記されているということか。過去の出来事、成功も失敗も、採掘から間歩運営の実態や、銀吹き師や湊の商人との取引の記録。確かに面白いものではあるな」

　そうでしょう、と言って安原因繁は笑む。面白いものを見つけた子供のような笑みだ。それを見て吉岡隼人も笑う。だが、こちらは理不尽な大人の世界を垣間見た、苦い笑みだ。

「それで、この冊子をどうしようというのだね」

「お主は今度佐渡へと向かうという。ならば、餞別代りにこの冊子を持って行ってもらおうと思ってな」

「…………」

「どうだ、お主の旅の共に、私の代わりにその冊子を持って行ってもらえぬか」

そこで言葉は止まった。互いの笑みは消え、火鉢の中で湿った炭がはぜる音だけがしばし響く。過ぎる時間に、先程の互いの笑みが芝居じみていたことを知る。

「お主の気持ちは分かった」

先に声を発したのは吉岡隼人だった。溜息をつくように大きく息を吐き、一つ、心を決めた。

「この冊子の処遇を我に託すというのであれば、お主の言葉を聞き入れよう」

その言葉を耳にし、ありがたい、と返事をする前に、吉岡隼人の手が動いた。開かれた手の平から放たれた冊子は弧を描いて落ちていく。その先は火鉢の中だった。それまで燻ぶっていた火鉢は、新たな力を得たようにその炎の勢いを増した。

「なっ、なにをする」

二人の視線の先で、紙の束はあっという間に形を失っていく。暫しの暖かさと眩しさを、二人に供する代わりに。

「ど……、どうして」

呆気なく形を失った紙の束は、火鉢の中に僅かな灰を残して消えた。その痕跡を、がらんどうの吹屋の中で二人は言葉もなく見つめていた。

どうして、と小さく呟いた安原は、部屋の寒さを思い出したように肩を揺らす。

「もはや時代は変わったのだ、安原殿」

立ち上がった吉岡は、小さく声を落とす。

「時代は変わったのだよ」

それは説明するというよりも、自身に言い聞かせるような声色だった。

見上げると、そこには言葉とは裏腹に苦虫を噛み潰したような吉岡隼人の顔があった。

「時代、か」

「ああ、そうだ」

「それは、神屋家の出る幕は既にない、ということか」

「神屋の名も三島の名も、大森には既にない。大内、小笠原、尼子も同じだ。毛利の名でさえもな。それらの名は過去のものだ」

大久保長安は大森での銀山経営、すなわち山師を許可制とし、その名簿を作らせている。その中にかつて大森銀山の再開発に携わった三島清右衛門、その家名を継ぐ者は含まれていない。そして神屋家もまた、銀山域内での商売を許されなかった。神屋家は豊臣秀吉の代に栄華を極めたものの徳川家からは冷遇され、今は筑前の領主黒田長政の御用商人におさまっている。大陸との交易で財を成していたが、幕府は朱印船貿易という形でこれを許可制とし、亀井茲矩ら幾つかの西国大名が大陸との交易を直接行うようになり、商人らの収益は減じているという。

「したがって、今更神屋家の手の者による記録を表に出したところで、大久保様の気は、いや大御所様の考えは変わらぬよ」

大御所様とは徳川家康のことだ。大久保長安は徳川家康直々の声がかりにより銀山奉行として大抜擢されている。したがって、大久保長安の採る政策は徳川家康の意向と同じと考えてよい。そして幕府は銀山から生み出される吹上銀はすべて幕府が管理すべき、と考えている。幕府は後に、金（小判）、銀（丁銀）、銭という基本通貨を用いた三貨制度と呼ばれる仕組みを整えている。これらのことは銀山を商業的な鉱山として経営するというよりも、貨幣の原料供給のための銀を生産する場と考えている。だからこそ大森銀山の全てを柵で囲うという大袈裟なことを、まるで鉱山で働く人々を信じられないが如き対応をとることとなる。

「だからこのような記録、私には不要であるし、無くなった方がお主のためだ」

「……」

「そうは思わぬか」

「……」

暫しの間、静寂が吹屋の工房を満たした。どちらからか、ああ、という溜息のような声が落ちる。いつのまにか外は雨。ぽつぽつと滴る水の音がやけに耳に響く。

「ならば、お主への餞別は何か別のものを選んでやろう」

「ほほう。山師として名をはせる安原殿からの餞別とは、期待してしまうな」

「くだらぬことを」

安原因繁はこの頃山師として千余人の人夫を使っており、慶長七年（一六〇二）頃の大森銀山の盛況に寄与している。大森銀山は戦国時代後期には採掘量が減少していたが、大久保長安が銀山奉行となった直後から、急激に採掘量が増加していた。後に慶長八年（一六〇三）八月、伏見において徳川家康の御前に召され、着御の羽織、扇を賜る栄誉に属している。

「お主こそ。新しく見つかった佐渡の銀山に大久保殿が奉行として任じられたと聞く。お主もこれに同道して佐渡へ行けば毛利の銀山役から、徳川の代官へと大出世ではないか」

越後の国、佐渡島では戦国時代、鶴子（つるし）銀山が経営されていた。採掘が始まったのは天文十一年（一五四二）と伝えられ、石見国より山師を招き採掘技術や灰吹き法などを習得したという。そして慶長六年（一六〇一）徳川家康の所領となった年に北山（ほくさん）に新たな鉱脈が発見された。そこで幕府は佐渡に天領を設け、大久保長安が佐渡奉行として管理を任せることとなった。大久保長安は鉱山経営を円滑に行うため、佐渡へ派遣する人材を選抜しており、その中に吉岡隼人の名があった。吉岡は優れた経営技術と新たな鉱脈を発見する能力が高く、後に「出雲」という称号を与えられ「吉岡出雲」と呼ばれるようになる。

「奉行殿の命だからな、断れぬよ」

そうだな、と相槌を打つが続く言葉が出なかった。

互いに徳川幕府を支える人材として嘱望されているのだが、毛利が経営している時代の銀山を知っているだけに寂寥感が拭えない。強権的に鉱山経営の改革を推し進める大久保長安のやり方に反発し、大森の地を去った人々は多い。既に、この世にはいない友人もあった。

「時代は変わる、か。確かにそうかもしれぬな」

言って、火鉢の中の灰を目に止めた。戦国の世は終わり、人々は確かな明日へと繋がる道を踏みしめている。道を進むためには慌ただしく立ち働き、喜怒哀楽の日常を超えていく。日々忙しい日常の中でかつての出来事は消えてゆき、過去は忘れ去られるのだろうか。

　よし、と安原因繁は膝を叩いて立ち上がった。

「ならばまず酒でも馳走しよう。夕刻、屋敷へ届けるゆえ、共に祝おうではないか」

「ふむ、悪くない。だが、何を祝おうというのだ」

　安原因繁は先に立って歩き、引き戸を開ける。雨脚は弱いが、雲は厚く広がっており空は昏い。だが遠く雲の切れ目には陽の光が差し込んでいるようにも見えた。

「もちろん、我らの明るい前途に。そして、この銀山がこれからも人々に幸福をもたらすようにだ」

　雨の中でも銀山工房街に人気が消える事はない。今も一人、重そうに叺を担いだ子供が道を下っていく。工房からは煙が上がり、金槌を打つ甲高い音が響いている。

　見上げれば草木の生い茂った山々の連なり。だがその麓には間歩が掘られ、地下では危険を冒して銀の採掘に勤しむ掘子たちが働いている。

「いつまでも宝の山であって欲しいものだ」

けぶるような雨。降るというよりは雲の中に迷い込んだように、視界は白く染まっている。口留番所を抜けた先は、初夏だというのに肌寒く、数間先も見渡せないほどの霧雨の中だった。

「厄介な雨だが、このくらいなら大丈夫か」

濡れるほど強い雨ではない。男は懐を気にしつつ前かがみになり、行き足を急いだ。しばらく街道に沿って歩き、やがて見えてきた竹林へと道を外れた。若く鮮烈な青竹の香りが満ちていた。

日暮れが近い時刻であるが、雲は厚く陽が射す様子はない。

「予想外に手間取った。急がねば」

口留番所を通るのに時間がかかった。雨天のため、常よりも厳重に油紙を巻いたことが役人の気に障ったのだ。

男は慣れた足取りで竹林の中を進む。背後から夕刻を知らせる鐘の音が響き、歩速を速めた。この季節、この時間、竹林の中に人の気配はない。だからこそ、その人影を見つけた時にはほっと息を吐いて足を止めた。「来たか」と人影から声がかかる。

「お待たせしたようで申し訳ありませぬ」

いや、と応える人影は勧進聖の形をしているが、それが本来の姿でないことは知っている。その聡明さが宿る瞳は、既にこちらの事情を理解しているようにも見える。

「その様子だと既に我らは不要、といったところか」

やはり、と思いながら小さく頷く。

「そのようで。既に時代は徳川に、とのことで」

馴染みの顔を思い出し、僅かに顔が歪む。その様子を見て勧進聖は、いや勧進聖を装っている神屋宗湛は溜息をついた。

「私はすでに必要とされておらぬ、ということか。ましてや成すこともできなかった夢など……」

男、安原因繁は懐から油紙の包みを取り出す。空を見上げ、霧のような雨が止んだことを確認し包みをあける。それは『大森銀山覚書』だった。神屋家の家人が銀山で結ばれていた契約の数々を記載したという書付の束。彼が吉岡隼人に渡そうとして燃えたものは、その写しだったのだ。

神屋宗湛は油紙ごと書付の束を受け取り、油紙に包みなおすと大事そうに懐に仕舞った。

「ならばもう二度と、この地を踏むことはあるまい。お主にも……」

互いに視線が交差した。男の目は寂しそうにこちらを覗いている。おそらく、自分も同じだろう。

「もう二度と会うこともあるまい」

「そうですな……」

互いに言葉尻が小さくなる。湿り気を含んだ沈んだ空気に気まずく目を逸らすと、わざとらしく襟を引き寄せるように蓑を整える。

「それでは、これで失礼いたします」

前かがみになった男の蓑からは、雨滴が滴り落ちる。男はその背に向けて何事か声を掛けようと一歩踏み出し、そこで止まった。伸ばしかけ、止めた手をじっと見つめる。その僅かの間に男の背は霧雨の中に消えていった。

霧雨の中、神屋宗湛の視界に映るのは朧気に広がる竹林と、そして、ただただすべてを拒絶する壁のような柵ばかり。その柵の内側は銀山柵内と呼ばれ、宗湛とは拒絶されている。もう二度と、その内に入ることは叶わない。

振り返れば神屋宗湛の、いや祖父であり大森銀山の再開発と人々の活況とを生み出した神屋寿禎の「銀貨を鋳造し流通を安定させる」「大森銀山を自由都市として発展させ人々に富を分け与える」という夢が叶うことはなかった。

しかし、あの本能寺の夜。夢は現実に、その手の中にあったのだ。織田信長による政権が続けば夢は現実に、その手に銀銭を握りしめることができたのだ。だが、一夜にして目の前の世界は覆った。

明智光秀の裏切りの後、天下を取った豊臣秀吉に近付いた。この時点で堺や大和の豪商らの最上位へと昇っていた神屋宗湛は、「筑後の坊主」と呼ばれ博多商人の第一人者として栄華を極めた。だが神屋家の夢、銀銭を鋳造するには至らなかった。秀吉はその出自ゆえか戦場で苦労したゆえか銭よりも米に重きをおき、成り上がりゆえか銭や銀よりも黄金の輝きに眼を眩ませた。経済流通における銀銭の鋳造の意味を、宗湛は結局のところ理解させることができなかった。そして続いて天下人となった徳川家康はさらなる変化を望まず、神屋家を遠ざける方針を取った。それが具現化したものが目前の、壁のように立ちはだかる柵であった。銀山柵内。その小さく整った世界こそが、徳川幕府の世界観なのであろう。

既に大森銀山は神屋宗湛の手を離れた。以後、大森銀山は石見国内の鉱山を含めて石見銀山と呼ばれるようになる。徳川幕府、その奉行の指揮の元、新たな間歩の開発、水抜き間歩といった新しい技術により銀山は活況を呈することとなる。

銀銭鋳造の夢は絶たれたが、銀山経営に関わる多くの人々の営みは続いている。それは神屋宗湛の、そして神屋寿禎の夢の一つであったのだろう。ならば、銀山経営に直接関わることができずとも、神屋の夢は確かに叶い、その足跡は人々の記憶に残るのだろう。

「いや、誰が忘れようとも我は忘れぬ」

神屋宗湛は己の掌をじっと見つめる。手に入れられなかったものが、遥かな夢がその空虚にあるように、いつまでも佇んでいた。

おわりに

江戸時代になると大森銀山は、他の石見国内の鉱山、久喜大林銀山、都茂丸山銅山、笹々谷鉱山、磯竹鉛山などをまとめて石見銀山と呼ぶようになりました。鉱山の中には銅山や鉛山も含まれています。鉛は銀を抽出する灰吹き法に必要な鉱物ですし、地面に埋まっている鉱床には多種類の鉱物が含まれており、大森銀山からも金、銅、鉛などが産出しています。殺鼠剤として有名な「石見銀山ねずみ捕り」は笹々谷鉱山で採掘された砒素を使って作られ、広く使われていました。

大森銀山の特徴の一つとして、鉱山遺跡としては自然が豊かということが現在の景観を維持している上で重要な要素であると思われます。一般に鉱山跡地といえば、草木の生えない厚く堆積した柄山捨て場や製錬滓原であったり、坑道から排出した毒素によって汚染された土地を想像します。実際に笹々谷鉱山では、砒素の流出を止めるためにコンクリートで地表を覆うなどの対策が取られています。しかし大森銀山の鉱脈には毒素が含まれておらず、また柄山を再利用した形跡があり大規模な柄山捨て場も残っていません。当時の人々に現代のような環境保全の意識があったとは思えませんが、銀山柵内という限られた空間で銀山経営が行われたことが、結果的に今の景観を残したのではないでしょうか。

室町時代から江戸時代の工業といえば、職人による家族的な小規模経営というのが一般で、大久保長安が来る以前の大森銀山も山師ごとの小規模経営の集まりになっており、戦国時代の終わりころには銀採掘量は頭打ちになっていました。そこにやってきた大久保長安は、幕府による鉱山の管理、公金投入による間歩の再開発や、水抜きのための間歩や竪穴の採掘など、大規模で計画的な採掘を行うことで、再び採掘量は増大しました。現在、大森銀山遺跡で見ることのできる間歩の多くは、この時代のものになります。

戦国時代の大森銀山は、多くの人々が関わってつくりあげたものでありますが、その後の大規模開発によってその実像が伝わりにくいものになっています。多くの名もなき人々が大森銀山を支えており、銀山を再発見した神屋寿禎も銀山の経営者、山師になったとの記録はありません。神屋寿禎にとって大森銀山の開発、経営は目的ではなく、大森銀山を手段としてさらに大きな目的に向かっていったからではないでしょうか。

世界遺産、石見銀山を訪れた際には、その壮大な夢を感じ取っていただければと思います。

大久保長安墓所

大森の街並みと仙ノ山

田中博一（たなか　ひろいち）

昭和四十八年（一九七三）島根県邑智郡邑南町三日市生まれ。著書に『石見戦国史伝』『浜田城史伝』があり、石見地方の歴史、遺跡の紹介につとめる。島根県浜田市在住。

石見銀山史伝

二〇二三年九月三十日　初版発行

著者　田中博一（たなかひろいち）

発行　ハーベスト出版
〒六九〇―〇一三三
島根県松江市東長江町九〇二―五九
TEL　〇八五二―三六―九〇五九
FAX　〇八五二―三六―五八八九
URL:https://www.tprint.co.jp/harvest/
E-mail:harvest@tprint.co.jp

印刷
製本　株式会社谷口印刷

Printed in Shimane Japan
ISBN978-4-86456-481-6　C0293